麻城孝感乡文化园历史文化丛书之四

丘家女如记

熊孝忠/编著

中国出版集团公司
世界图书出版公司
广州·上海·西安·北京

图书在版编目（CIP）数据

丘家文如记 / 熊孝忠编著. — 广州 : 世界图书出版广东有限公司, 2025.1重印
ISBN 978-7-5192-2205-5

Ⅰ. ①丘… Ⅱ. ①熊… Ⅲ. ①元曲—作品集—中国
Ⅳ. ① I222.9

中国版本图书馆 CIP 数据核字（2016）第 280280 号

书　　名　丘家文如记
　　　　　QIUJIA WENRU JI
编 著 者　熊孝忠
策划编辑　刘婕妤
责任编辑　冯彦庄
装帧设计　黑眼圈工作室
出版发行　世界图书出版广东有限公司
地　　址　广州市新港西路大江冲 25 号
邮　　编　510300
电　　话　020-84460408
网　　址　http:// www.gdst.com.cn
邮　　箱　sjxscb@163.com
经　　销　新华书店
印　　刷　悦读天下（山东）印务有限公司
开　　本　710mm × 1000mm　1/16
印　　张　10.25
字　　数　174 千
版　　次　2016 年 11 月第 1 版　　2025 年 1 月第 3 次印刷
国际书号　ISBN　978-7-5192-2205-5
定　　价　68.00 元

《丘家文如记》序

丘谦之与呼文如的爱情故事，在因琴结缘、终成眷属方面颇似司马相如与卓文君，在诗情相投、惺惺相惜方面，似张生与莺莺，又似白居易与江上琵琶女。虽曰相似，其实并不雷同，呼文如原本就不是富贵人家的千金，她在沦为营妓后，在琴艺上不断精进，且能画兰写诗作词，这一身才艺既是自己谋生的本钱，又是有朝一日跳出火坑的台阶。所以她在遇到能欣赏自己的丘谦之太守时，便决然以心相许。而有官位在身的丘谦之开始也只不过像元稹那样，玩赏而已。但呼文如不但以色艺柔情，而且以耐心等待，以侠肝义胆征服了丘谦之。特别是在丘谦之官场失意后，给丘谦之以慰藉，助丘谦之找到真正的自我，也使自己最终脱离火坑，在爱人、山水和诗情画意中度过余生。不难看出，这是发生在麻城的一个美妙且动人的故事，以往的麻城文人对此就津津乐道。今日麻城孝感乡文化复兴，熊孝忠先生历经几个寒暑的创作，终于以古代戏曲的形式，重新演绎了这个故事，不只是让人们记住历史，不忘先贤，而且让人们知道何为真善美，何为幸福以及如何追求幸福。其有益于当下者不可谓不大。

武汉大学教授 罗积勇

2016 年 9 月 1 日

目　录

第一出[1]

【蝶恋花】（末[2]上）闲来没个消遣处。万般无奈，消磨肠断句。阅尽古今缠绵事，深解世间情难诉。草堂深处度残宵[3]，孤灯伴影，化作香消玉[4]。但是相思莫相负[5]，方有情爱朝暮复。

[汉宫春]武昌呼娘[6]，叹国色天香，才气非常。偶遇太守丘郎[7]，竟为情伤。一往而深，无了休朝思暮想。三年上，爱慕有两厢[8]，牵绊有两堂[9]。果尔[10]私幽定配。赴潮州取职，失意官场[11]。正把忧愁围困，小姐衷肠。

---

[1] 第一出：原称“家门引子”，用以说明创作缘起和剧情梗概。

[2] 末：指剧中年纪较大的男性角色。传奇的第一出一般由副末开场。此剧中由末代替副末，向观众介绍作品的创作意图与剧情梗概。

[3] 草堂：作者创作书斋名，指湖北省麻城市孝感乡文化公园建设指挥部综合部。

[4] 化作香消玉：将时光都用在创作上，著成了《丘家文如记》一书。香消玉：代指著作。

[5] 但是相思莫相负：汤显祖《牡丹亭》第一出：“但是相思莫相负”。但是：只要。

[6] 武昌呼娘：即呼文如，生卒年不详，明万历年间武昌营妓，性刚义，有侠气，心地善良，楚人呼其为“呼娘”。能诗文，善琴画，尤善画兰。与故明潮州太守丘谦之生死相爱，他们的唱和之作合辑为《遥集编》。

[7] 太守丘郎：即丘齐云，号谦之（1542—1589），明代湖广麻城人。嘉靖四十年（1561）举人，嘉靖四十四年（1565）进士，初授四川叙州府富顺县知县，因政绩突出被升为户部郎中。万历四年（1576）调广东潮州太守，六年（1578）调四川阆州太守，九年（1581）罢归，十七年（1589）卒。终四十八岁。

[8] 两厢：分指呼文如、丘谦之。

[9] 牵绊有两堂：牵绊指牵扯，这里代指阻止之义。两堂：分指呼文如之父呼良，丘谦之之父丘梁。

[10] 果尔：果真。

[11] 失意官场：指丘谦之被罢官职。

解丘生行苦，激恼了高堂[1]呼良。欲另配[2]，雪夜奔忙[3]，嫁了西陵[4]郎。

惊风拂面为谁怜，道路崎岖意转悬。
恨不此身生羽翼，须臾飞到使君前。[5]

[1] 高堂：指父母。

[2] 欲另配：指呼文如将被其父卖给商人为妾。

[3] 雪夜奔忙：指呼文如闻知自己被父卖给商人为妾，连夜冒雪私奔到西陵。

[4] 西陵：麻城两汉时期为“西陵辖地”。

[5] “惊风”四句：出自《亘史钞·遥集编》，明代麻城人万士南作。

第二出

【金落索】（外[1]扮方府丞[2]上）贪了风月痴，赚来多情泥[3]。都只为深浓恩爱做夫妻。论世间姻缘，总有奇。呼姐丘郎，一个弹奏伤怀曲，一个演绎奈何戏。把个“恋”字通得诗情画意。颇有趣，将个相思逗得忒心迷。感上天无私，叹情海有义，方引出这举案齐眉[4]的《丘家文如记》。

“能识英雄时事非，私奔何有越公威。世间女侠如君几，可有虬髯见面稀。”[5]话说明朝万历年间，武昌有位小姐姓呼名文姬如，小字祖，知诗词，善琴能写，尤其画兰与其姊文淑举齐名。丙子年，西陵有位官人丘生者，以民部郎出守粤。路经黄州，偶遇文如于客座，一见目成，遂定情于终身。丘欲将携文如于粤，生之父丘梁不许。生不得已，乃以书谢文如，文如恸绝，刺血写诗，以报誓死无他。后生由粤赴京师，便道过楚，访文如于武昌，相见甚欢，饮庭中安石榴下，其间，文如拿出早已刻好的图章，并赋一诗以呈，生视其图记，文曰：“丘家

[1] 外：戏剧中男性角色，本剧中指黄州府丞方诚。

[2] 府丞：1. 太守的属官；2. 汉代西域各国王室的行政首长；3. 明代顺天、应天二府，清代顺天、奉天二府皆置府丞，为府尹副职。

[3] 赚来多情泥：出自汤显祖《牡丹亭》第十八出。即赢得多情人的恋慕。泥：通“腻”。唐·元稹《遣悲怀》：“泥他沽酒拔金钗。”

[4] 举案齐眉：举案齐眉，原指妻子给丈夫送饭时把托盘举得跟眉毛一样高，后形容夫妻互相尊敬、十分恩爱。

[5] “能识”四句：出自《亘史钞·遥集编》，明代西陵梅公培作。

文如。”示意已将自己许给丘家。沥酒树下曰：“妾所不归君者，如此石矣！”特别泣而请曰：“丝萝之约如何？”生曰：“以官为期！”文如笑曰：“观君性气，非老干宦海者。君散发，我结发，当不远矣！”生调之阆州，果罢归，复以事如宗师见之还里。文如促数诒书订于归约，其父母力捉之。壬午冬大雪，生登楼抚槛，念文如在三百里外，前期未决，彷徨凝望，俄而闻橹声咿呀，一小艇飞抵楼下。推蓬而起，则文如小姐便是。惊喜问之，小姐恸哭曰：“我父利贾人金，将卖妾。事急矣，买舟潜发，三鼓至阳逻，五鼓以金钗市马。次日至亭州，后弃舟徒步而行。若稍迟一日夜，落贾之手，吾死无日矣！”生听后与文如相抱恸哭。第二日，生以书报其父，乃委禽以婚。生罢官无长物，携文如遍游名山，弹琴赋诗，以终其身。列位看官，听完这段故事，是否深有意趣？大凡天下女子有情，可有文如者？一见而深，一深而痴，一痴而终身相依也。其间横生枝节，几经劫难，仍乃忠贞不二。其情其义感人泪下，以致传于后世。天下悲金悼玉的姻缘故事不少，但文如又独有一味。嗟夫！情爱之事，非人力所为，乃天意尔，断难千篇一律。故告知于天下者，纯正的情爱是一种力量，只有情才有义，惟有义才有受人崇拜的品格！正是：“东方使君五马，西蜀卓女孤凰。宝徽一寄微语，锦字频贻报章。永愿凤鸾协曲，讵须乌鹊成梁。寒阴夏口惨淡，雪夜西陵渺茫。远走桃花叱拨，深藏莲叶鸳鸯。理箧全捐歌扇，临盘浑卸舞裳。窃药疑投月里，为云已离巫阳。我识西门杨柳，移来元自武昌。”[1]

【破齐阵】气质世间难觅，才华古今堪稀。貌似天仙，心如夏姬[2]，一点幽情动里。虽说红颜多磨难，纵然命薄忒侠气。肝胆做了贤妻。

---

[1] 东方使君诗：出自《亘史钞·遥集编》，明代东海人喻安期作。

[2] 夏姬：夏姬是春秋时代公认的四大美女之一，夏姬是郑穆公的女儿，母亲为少妃姚子。因为嫁给封地位于株林（今河南柘城县）的陈国司马夏御叔为妻，因而称为夏姬。

【杏花天】虽说是紫阁丹墀[1]，心性高，风流胀气[2]。梦断官场成孤立，忧生乐，做了武昌夫婿。

芳颜共把长生草，笑面重看解语花。
明月好天时客兴，断桥流水处人家。[3]

[1] 紫阁丹墀：宫殿，喻指在朝做官。

[2] 风流胀气：风流，指风度；仪表。犹遗风；流风馀韵。语出《汉书·赵充辛庆赞国忌等传》："其风声气俗自古而然，今之歌谣慷慨，风流犹存耳。"胀气：此指一肚子闷气。

[3] "芳颜"四句：出自《亘史钞·青楼黄绢》，无名氏作。

第三出

【真珠帘】（生[1]引丑扮书僮上）西陵名门，有丘氏金印[2]，论贤儒几叶群星[3]。虽风吹雨打，仍励志青云。谩说书中能富贵[4]，文房四宝藏老黄金[5]。贫贱把人灰[6]，养成了浩然风流俊[7]。

[鹧鸪天][8]“刮尽鲸鳌背上霜[9]，寒儒偏喜住炎方[10]。凭依造化[11]三分福，绍接诗书一脉香。能凿壁[12]，会悬梁[13]，偷天妙手[14]绣文章。必须砍得蟾

---

[1] 生：戏曲角色行当，传奇中的男主角，大多扮演青壮年男子，在本剧中扮演丘谦之。

[2] 金印：指旧时帝王或高级官员金质的印玺，也借指官职，本剧中指丘氏官员。

[3] 几叶：指几代。群星：指做官的人多。

[4] 谩说：枉道之意。全句化用清•钱大昕《恒言录》：“书中自有颜如玉，书中自有黄金屋。”

[5] 文房四宝：指笔、墨、纸、砚四物。老黄金：代指读书有价，含有“万般皆下品，惟有读书高”之意。

[6] 灰：沮丧。

[7] 浩然：《孟子•公孙丑》：“我善养吾浩然之气。”浩然之气，刚直博大的气概，表明儒者的修养与节操。风流俊：指丘谦之。

[8] 鹧鸪天：汤显祖《牡丹亭》第二出柳梦梅的上场诗。本剧中借代丘谦之的上场诗。

[9] 刮尽鲸鳌背上霜：刻苦学习仍未能获得功名。在科举时代，称状元及第为独占鳌头。霜：贫寒。

[10] 炎方：南方。

[11] 造化：造物主。

[12] 凿壁：指汉代匡衡凿壁借光的故事。葛洪《西京杂记》：“匡衡勤学而无烛，邻舍有烛而不逮，衡乃穿壁引其光，以书映光而读之。”

[13] 悬梁：指汉代孙敬悬梁苦读的故事。《楚国先贤传》：“孙敬，字文宝，常闭户读书，睡则以绳系颈，悬之梁上。”以上两句都用来说明丘谦之勤学苦读。

[14] 偷天妙手：形容文才极高。陆游《文章》：“文章本天成，妙手偶得之。”

宫桂[1]，始信人间玉斧长。”小生姓丘，名齐云，表字谦之，号岳泰。原系唐朝丘行恭将军之后[2]，留居西陵。父亲四川保宁府通判之职，母亲县君之封。（叹介）所恨俺自小孤单，含辛苦读，至今功名未就。喜的是今日成人长大，二十出头，志敏聪慧，学成满腹文章。当今皇上[3]贤明，遍揽天下士。前两场得手[4]，只有会试尚未取应，现开科春闱[5]，时势已到，免不得应试一番，展俺鸿鹄之志[6]，不负萤窗雪案[7]之苦。正是："万金宝剑藏秋水，满马春愁压绣鞍。"[8]

【点绛唇】书剑飘零[9]，脚断无痕，如漂萍。望眼京城，早盼取功名。

【混江龙】苦读诗经，十年寒窗细耕耘。将墨水喝尽，把砚池磨深。先受了数载锥股苦行僧，投至得三场得手取功名。酬志小生今世愿，报答双亲养教恩。但愿青云直上，绘就锦绣前程。

春闱将至，时日说来就来，好不催人也呵！书僮，将行囊收拾妥当，这

---

[1] 必须砍得蟾宫桂：折得月宫的桂枝，比喻登科及第。

[2] 丘行恭（586—665）：祖籍洛阳，西魏镇东将军丘寿之孙，左武候大将军，稷州刺史丘和之子，一直跟随秦王李世民征战，先后攻取长安，消灭薛举、刘武周、王世充、窦建德等割据势力，以功升任左一府骠骑。唐高宗时，升任右武侯大将军，冀、陕二州刺史。

[3] 当今皇上：即明代嘉靖皇帝，生于正德二年（1507），卒于嘉靖四十五年（1566），在位四十五年。

[4] 两场得手：此处指科考顺利。科举时代，读书人要经过三场考试——童生考试及格，进入府、州、县学为生员，即秀才；秀才乡试合格，取得举人资格；举人经会试、廷试成为进士。乡试、会试分三场进行，一场考三天。得手：考取。

[5] 春闱：唐宋礼部试士和明清京城会试，均在春季举行，故称春闱，犹春试。

[6] 鸿鹄之志：意味志向远大。

[7] 萤窗雪案：萤窗：晋人车胤勤学故事。《晋书·车胤传》："胤恭勤不倦，博学多通。家贫，不常得油，夏月则练囊盛数十萤火以照书，以夜继日焉。"雪案：乃集萤映雪，编蒲缉柳。"李善注引《孙氏世录》："孙康家贫，常映雪读书，清介，交游不杂。"孙康车胤两个典故，一冬一夏，也在说明丘生一年四季都在刻苦攻读。

[8] "万金"两句：出自王实甫《西厢记》第一折。是说自己满腹才学而功名未就，有如贵重的宝剑隐藏着四射的光芒。秋水：秋水明净清亮，用以比喻剑的光芒。

[9] 书剑飘零：携带书籍用具四处流浪。书剑：书籍与宝剑，都是古代文人随身的物品，这里泛指文人随身携带的各种用具。

就起程。行路之间，已到汉口江边。这长江有四曲[1]，此乃正在江河中段之地，你看好形势呵！

【油葫芦】风涛何处最显名，则除是此地神。这江带辽阔疆域南北分[2]。惊涛拍两岸，雪浪卷残云；归舟江中竞，客船水上行；东西贯九州，南北串百城。这形势助得江山峻，恰便似鬼斧神工锦。

【天下乐】只凝是银河九天倾。[3]有渊泉，上苍情，入南海不离此经径。滋江汉花百种，润荆楚田万顷。也同施福恩两岸民。

说话间早到城中。这里有座店儿。书僮，接下马者。店小二哥哪里？（店小二上），自家是这状元店里小二哥，官人要下呵，俺这里有干净客房，价钱公道，伙食也好。（生）头房里下，先撒和马者。小二哥你来，我问你，这里有什么闲散心处？名山胜境，福地宝坊皆可。（小二）俺这里有座名楼，曰黄鹤楼，是三国吴王建造，气势非俗，南来北往，三教九流，过者无不瞻仰。则除那里可以君子游玩。（生）妙极。书僮，料下午饭，那里走一遭，便回来也。（丑）备了饭菜，撒和了马，等哥哥回来。（生）却早来到也，仔细瞻仰一遭。是盖造得好气派也呵。

【村里迓鼓】细观了上方楼厅。早来到下方院庭，行过回廊曲径，东西厢，前面小亭。游了方厅，观了龟山，将回廊绕尽。赏了名诗，拜了先圣，但求金榜题名。

（行介）不觉又行了一月，早来到京师，取了应试。上蒙圣上之恩，下

[1] 长江四曲：长江从唐古拉丹东山根迪如大冰川始，最远在上海崇明岛长江口入东海，在6 382千米的行程中一共拐了四个大弯，从云南丽江石鼓镇拐第一个大弯后，一直以西北、东南方向前行。

[2] 南北分：以长江为界，将长江以北分为北方，长江以南分为南方。

[3] “只凝”句：出自王实甫《西厢记》第一折“只凝是银河落九天”。九天：高天之上。《吕氏春秋·有始》、《太玄经》、《太清玉册》都记有九天之名，所记各不相同。《吕氏春秋》云，天有九野，为中央与四正四隅；中央曰钧天、东方曰苍天、东北方曰变天、北方曰玄天、西北方曰幽天、西方曰颢天、西南方曰朱天、南方曰炎天、东南方曰阳天。

托先祖之福，前日放榜，一举及第，得了个进士。奉圣旨，除授[1]四川叙州府富顺县知县。正是："青霄有路终须到，金榜题名锦衣还。"[2]

【清江引】谢当今盛世圣主明，除授富顺君。此生无以报，万古作贤臣，做南海水月活观音[3]。

金榜高悬姓字真，分明折得一枝春。
蓬瀛乍接神仙侣，江海回思耕钓人。[4]

---

[1] 除授：拜授官位。

[2] "青霄"两句：出自王实甫《西厢记·长亭送别》，崔莺莺十里长亭送了张生进京赶考离别时，张生对崔莺莺说的一句誓言："青霄有路终须别，金榜无名誓不归"。作者将"誓不归"，根据丘谦之已考取进士后改作"锦衣还"。

[3] 南海水月活观音：即观音。《法华经·普门品》有观音示现三十三身之说，其一为观水中之月的姿态。又：观音居所的净土，在南印度普陀洛伽山（见《千手经》、《华严经》等），其山在印度南海岸。《西域记》云："秣剌耶山东，有布呾洛迦山……山顶有池，其水澄镜，流入大河，周流绕山二十匝，入南海。池侧有石天宫，观自在菩萨，往来游舍。"固有南海水月观音之称。剧中这里主角指要效仿观音行善积德。做一个受人称赞的好官。

[4]"金榜"四句：出自袁皓，唐代进士，先后擢仓部员外郎，吉州、抚州刺史，集贤殿图书使。著《碧池书》三十卷、《新唐书艺文志》、《兴元圣功录》传于世。

第四出

【满庭芳】（外上）湖广名贤，西陵知县，庙堂[1]高就三年。考功第一，政绩乍惊天。圣主朝彰加冕。春风里策马扬鞭，今儿个，黄州府丞，金带紫袍[2]穿。

出任府丞已数年，莫做平常教人看。在任多行积德事，去时不留遗恨篇。自家黄州府丞方诚，表字子杰，乃周朝方弼[3]之后。流落湖广黄州。年已二十有六。想廿十出头登科，越二年出府丞，清名惠政，播在人间。我有一位厚友，乃西陵人氏，名门望族。姓丘名齐云，表字谦之。我与他自小同塾授学，又三场同试，三榜齐名。登科后，他任西蜀富顺知县，治政有方，朝考业绩冠川。今圣上厚赐，封任广东潮州太守。限时到任。前日先有书来，相约寒舍叙旧。想兄弟数年未见，能有一会，好不欢喜。我得备下酒宴，请些文人士子、歌舞乐妓，尽情一欢。一来向兄弟祝贺，二来助其雅兴。正是：丘兄自是知音客，方诚当做迎客君。

【绕地游】（生上）黄州丞官，惠政清廉，人呼湖广一名宦。（见介）（外）小官承乏无甚德，（生）太守敬慕有业功。（外）三载春秋居第一，（生）也长向上下做青天。

[1] 庙堂：太庙的明堂。是古代帝王祭祀、议事的地方。借指朝廷。这里指西陵县县衙。

[2] 金带紫袍：高官的服装，此处指身居高位。唐代五品以上官员着朱红或者紫红的袍服，宋代四品以上官员系金带。

[3] 方弼：方弼、方相兄弟二人是商朝殷纣王的两位镇殿将军。因纣王荒淫无道，兄弟二人反出朝歌，为周王朝建立作出巨大贡献，后世人们把二人尊为显道神、开路神、门神。

（外）做官一事，想兄弟精明过人，看来古今能臣名贤，无不上忧其君，下忧其民。你有今日这般成就，也不枉费此生。（生）贤兄言过。（外）兄弟自丙寅[1]一别，已有十载，今日到此，甚感欣慰。愚兄略备薄酒，请了些名人乐妓，歌舞一番，为君接风洗尘，也稍尽兄弟之谊，你意下如何？（生）但凭尊意。

【前腔】（帖[2]扮侍女翠娟持酒台，随旦[3]扮小姐呼文如上）小女欲言，觑把官人见。风流俊，怎这般惹人眼馋？

（见介）官人万福。（生）小姐，后面捧着酒肴，是何主意？（旦跪介）今日春光明媚，官人高坐宽堂，小女敢进三爵之觞，少效千春之祝。（生笑介）生受[4]你。

【玉山颓】（旦进酒介）万福守官，小女我有缘相见。你居庙堂一世春光，我进美酒三笑娱欢。祝嫩枝新树，沐神露遮地撑天，享受这庆功宴。（合）且举杯，细赏慢品《霓裳羽衣》风姿软（旦起舞介）。

（生）小娘子，酌小姐一杯。

【前腔】吾家丘谦，为飘零至今孤单。（叹介）小姐，我比司马相

[1] 丙寅：即1566年。

[2] 帖：戏剧中角色行当，除主角外的另一女性角色，本剧中指翠娟，侍女。

[3] 旦：戏剧中主角。角色行当，旦为女主角。本剧中指呼文如。

[4] 生受：辛苦、有劳、麻烦，对他人的感谢之词。

如[1]更可怜也。他还有念文君[2]《白头吟》[3]诗，我则空把相如《凤求凰》[4]弹。

（外）兄弟休焦，倘然娶得好娇妻，与文君一般。（生笑介）可一般呢！

（外介）做司马相如，为甚的这切切低言，才到谈婚年。（合[5]前）

（生）小姐，谢你好意，心领了。小生不胜酒力，今日到此。（旦下介）（生）教小娘子。我问你家小姐尊姓大名？（帖）姓呼名文如，小字祖，人称呼娘。（生）年芳有几？可有婚配？（帖）十五，尚未婚配。（生）家居何处？（帖）武昌。（生）家有何人？（帖）父，呼良，妹，文淑。（生）有何生活？（帖）俺家小姐自幼聪敏，读得诗书，学得绘画，弹得瑶琴，善做女工。只可惜呼父不事稼穑[6]，贪饮酒，

---

[1] 司马相如：司马相如（约前 179—前 118 年），字长卿，汉族，巴郡安汉县（今四川省南充市蓬安县）人，一说蜀郡（今四川成都）人，西汉辞赋家，中国文化史文学史上杰出的代表。

[2] 文君：即卓文君。卓文君（前 175—前 121 年），原名文后，西汉临邛（今四川邛崃）人，原籍邯郸冶铁家卓氏。汉代才女，中国古代四大才女之一、蜀中四大才女之一。卓文君为四川临卭巨商卓王孙之女，姿色娇美，精通音律，善弹琴，有文名。卓文君与汉代著名文人司马相如的一段爱情佳话至今被人津津乐道。她也有不少佳作，如《白头吟》，诗中“愿得一心人，白头不相离”堪称经典佳句。

[3] 《白头吟》：多认为是西汉才女卓文君所作的诗，但具体的作者以及创作年代后世仍有争议。其中“愿得一心人，白首不相离”为千古名句。这是一首汉乐府民歌，该诗通过女主人公的言行，塑造了一个个性爽朗、感情强烈的女性形象。同时表达了失去爱情的悲愤和对于真正纯真爱情的渴望，以及肯定真挚专一的爱情态度，贬责喜新厌旧、半途相弃的行为。

[4] 《凤求凰》：《凤求凰》传说是汉代的汉族古琴曲，演绎了司马相如与卓文君的爱情故事。以“凤求凰”为通体比兴，不仅包含了热烈的求偶意味，而且也象征着男女主人公理想的非凡、旨趣的高尚、知音的默契等丰富的意蕴。全诗言浅意深，音节流亮，感情热烈奔放而又深挚缠绵，融楚辞骚体的旖旎绵邈和汉代汉族民歌的清新明快于一炉。

[5] 合：传奇中同一曲牌连用两次以上，结尾相同的数句叫合头，简称为“合”。

[6] 不事稼穑：不从事农业劳动。出自《诗经·魏风·伐檀》：“不稼不穑，胡取禾三百廛兮？”“毛传”解释说：“种之曰稼，敛之曰穑。”用现代汉语翻译，就是种植叫“稼”，收割叫“穑”。《现代汉语词典》修订本对“稼穑”一词的解释是：“种植与收割，泛指农业劳动。”

家境不济[1]。小姐只得以青楼乐妓[2]生活。（生叹介）小姐有这般姿色，又有这般才气，仅因父落得如此地步，可惜也呵。我今儿见小姐非同一般俗女，论貌有西施[3]之美，论艺有文君之才。是天下绝代佳人[4]。纵有这多不幸，我又何不会她一会，作番计较？教小姐。（旦上）官人有何吩咐？（生）适问小娘子，才知小姐身世才气，假若小姐肯以闺秀生活[5]，脱离风尘[6]，小生愿以薄力相助。他日到人家，知书知礼。可不光辉。（旦）谢官人错爱，只是小女身贱，恐怕沾污了官人名身。（生）小姐此话差矣。自古人无贵贱之分，只是世俗偏见罢了。我看小姐就是女中英才。正是："武昌女儿年十五，黄莺歌喉柘枝舞。客来当垆劝美酒，客去攀车赠杨柳。自言不幸倡家女，朱颜如花命如土。"[7]

【玉抱肚】小姐虽寒，也不曾诗书怠慢[8]。你又精勤女工针线，女孩事样样占全，那祝英台也不过这般，何愁不结金玉良缘[9]。

【前腔】（外）官人之言，道的是肺腑心肝。滋养得玉人天仙[10]，出落得花枝招展。小姐呵，他三分轻语你心自摸，难道七分情意眼不见？

【前腔】（旦）拜谢两官，深情语怎不感念。小女自知年太少，

[1] 不济：不好，不成功。语出《左传·襄公十四年》："使六卿帅诸侯之师以进，及泾，不济。"

[2] 青楼乐妓：青楼：青漆涂饰的豪华精致的楼房。经引学为妓院。乐妓：歌舞女艺人。

[3] 西施：本名施夷光，越国美女，中国古代四大美女之一。一般称其为西施，后人尊称其"西子"。春秋末期出生于浙江诸暨苎萝村（越州培公故乡）。是美的化身和代名词。

[4] 绝代佳人：绝代：当代独一无二。佳人：美人。当代最美的女人。出自杜甫的《佳人》："绝代有佳人，幽居在空谷。"《汉书·外戚传》载李延年歌："北方有佳人，绝世而独立。"

[5] 闺秀生活：闺秀：旧时称有钱有势人家的女儿。这里指大家闺秀女子的生活。

[6] 风尘：旧指娼妓生涯。

[7] "武昌"四句：出自《亘史钞·遥集编》，丘谦之作。

[8] 诗书怠慢：指用功读书。

[9] 金玉良缘：原指符合封建秩序的姻缘。后泛指美好的姻缘。出自清曹雪芹《红楼梦》第五回："都道是金玉良缘，俺只念木石前盟。"

[10] 玉人天仙：玉人：这里指容貌美丽的人。天仙：是古代汉族传说中天上有法力的神仙或者仙女。

妾身已悟涉世浅。从今后茶余饭饱破[1]工夫，玉镜台前做针线。

时候不早了，我得回房去，就此拜别，改日相会。

【元和令】（生）颠不刺[2]的见了万千，似这般可喜娘的庞儿罕曾见。看得心儿麻乱口难言，眼儿痴呆腿儿软。天底儿有这等娇娘，弄得我魂飞又魄散。

【上马娇】她这般桃花面，腰儿纤。呀，裙摆藏着小金莲[3]！眼见她一步一摇轻款款，偏、宜帖翠花钿[4]。

【胜胡芦】则见她眉儿弯弯似蛾蚕[5]，鬓云贴两边。

（旦）翠娟，你觑：莫怪人疑桃叶渡，从来难得有心郎

（生）我醉也！

人前未语先腼腆，樱桃微红[6]，玉粳白露[7]，柔语吐轻言。

【幺篇】恰便似莺声呖呖花间啭[8]，莲步轻轻移慢。解舞腰肢娇又软，这般风骚，那般仪姿，把风情万种[9]现。

世间竟有这等女子，岂非国色天姿也？你看她那模样儿，从上至下，都

---

[1] 破：下。

[2] 颠不刺：用法不同则含义各异，故与其解众说纷纭。颠：有可爱风流义。不刺：语助词，有声无义。《诗词曲语辞汇释》：“《五剧笺疑》云：‘不刺，北方语助词，不音韵，刺音辣，去声，如怕人云怕人不刺的，唬人云唬人不刺的。’”盖为衬垫语辞之用，无意义可言也。

[3] 小金莲：古代女子以脚小为美，故在女子生下来后即要将布带将脚缠紧，使脚变细，古有“三寸金莲”之说。指的就是小脚。

[4] 翠花钿：镶嵌着珠宝翡翠的金花首饰。元王实甫《西厢记》第一本第一折：“我见他宜嗔宜喜春风面，偏宜贴翠花钿。”《元史·礼乐志五》：“次八队，妇女二十人，冠凤翘冠，翠花钿，服宽袖衣，加云肩、霞绶、玉佩，各执宝盖，舞唱前曲。”

[5] 蛾蚕：代指女子睫眉，形容眉美。

[6] 樱桃：本指樱桃树结的果子，本处代指女子之口。

[7] 玉粳白露：指女子牙齿洁白。

[8] “恰便似”句：指女子的声音似莺发出的叫声，优美动听。

[9] 风情万种：指男女神志之美，本处指呼文如的姿容之美。

恰到好处。（外）我看兄弟初次与这小姐相见，怎就被她迷着了，想必有甚意思么？（生）仁兄，你怎知我呵，天下小室艳玉、豪贵千金我见之不少，似小姐这般可心人儿我还是头一遭。

【柳叶儿】长居在庙堂深院，粉墙高似离恨天[1]。恨天，整日间伴陪案卷，何曾有这般魂消遣，今儿才大开眼见。小姐呵，从今后被你兀的[2]神魂颠倒心儿乱。

（外）她已走远了。你若有意，我撮合撮合如何？（生）多谢仁兄深解我意。

【寄生草】俏神儿还在[3]，倩影儿渐远。莺声犹荡耳根边，桃面仍映眼儿前，金莲款腰心儿遣。你道是武昌青楼风尘女[4]，我道是阳阿公主赵飞燕[5]。

【赚煞】神思已错乱，馋口已难言，搅得我坐立不安食难咽，你看她临行秋波[6]那一现。勾得我意马心猿缰难牵。十五六[7]，含苞待绽，正是采摘时日前。花柳正争妍，怎奈玉人[8]不见，怕就怕自

---

[1] 离恨天：佛教经典所载三十三天中，无离恨天。然曲中多用为男女相思烦恼的境界，如石子章《秦修然竹坞听琴》第二折："三十三天离恨天最高，四百四病相思病最苦。"

[2] 兀的：惹得，勾引得，挑逗得。

[3] 俏神儿：指人的姿态。本处指呼文如美姿给人留下了不消的印象，人走神未走。

[4] "武昌"句：指呼文如。

[5] 赵飞燕（前45—前1年）：赵氏，号飞燕，出生于出身平民之家，家境贫穷，后在阳阿公主处学舞，为汉成帝刘骜第二任皇后。鸿嘉三年（前18年）封为婕妤。永始元年（前16）六月封为皇后。绥和二年（前7）汉成帝去世，太子刘欣即位为帝，即汉哀帝，尊为皇太后。元寿二年（前1）汉哀帝崩逝，被贬为孝成皇后。一个多月后被贬为庶人，下诏令其看守陵园，当日赵飞燕自杀身亡。在中国历史上，她以美貌著称，所谓"环肥燕瘦"讲的便是她和杨玉环，而燕瘦也通常用以比喻体态轻盈瘦弱的美女。同时她也因美貌而成为淫惑皇帝的一个代表性人物。

[6] 秋波：指以眼传情。

[7] 十五六：指呼文如此时年纪。

[8] 玉人：本指女子美丽，这里指呼文如。

此后相思病[1]染。（下）

赤壁江寒月影孤，尊前调笑酒家胡。
不知谁向人间道，座上相如汉大夫。[2]

[1] 相思病：指男女之间爱慕难消的一种情结。也可以理解为一种心病。

[2] “赤壁”四句：为本剧中丘谦之所作，存《遥集编》，也是丘谦之向呼文如求婚的第一首诗。

第五出

【双劝酒】（外上）潇洒丘郎，风流呼娘。一送秋波，一诉衷肠。有缘千里来相会。无媒咫尺配鸳鸯。

“手中无物侑衔杯，弹得瑶琴一曲梅。白雪千秋同不死，主人原是郢中才。”[1]昨日与兄弟相见，我留他多住几日，他先说归期已至，不可多留。自从酒席上见了那呼娘后，我见他二人眉来眼去，暗送秋波，又提出要在本府再住几日，瞻仰苏子[2]故所，观赏赤壁[3]胜境。他哪里是想这些，分明是被呼娘勾住了。今日我再试探兄弟一番，果若有意，那则是才子配佳人，我何不顺水推舟，做成这桩好事。正是：“指下高山听绝调，雪中柳絮见雄才。人间何得花如女，疑是仙人姑射来。”[4]

【番卜算】（生上）一见惹情伤，百般勾思量。但请府丞施巧计，雄雌配成双。

---

[1] “手中无物”四句：出自《亘史钞·遥集编》，呼文如作。

[2] 苏子：即苏东坡。字子瞻，又字和仲，号东坡居士，世称苏东坡。汉族，北宋眉州眉山（今属四川省眉山市）人，祖籍河北栾城，北宋著名文学家、书法家、画家。嘉祐二年（1057），苏轼进士及第。宋神宗时曾在凤翔、杭州、密州、徐州、湖州等地任职。元丰三年（1080），因“乌台诗案”受诬陷被贬黄州任团练副使。

[3] 赤壁：在湖北省有两处地名都称“赤壁，一是地处东南部，长江中游的南岸。为幕阜低山丘陵与江汉平原的接触地带，即今赤壁市内；三国时赤壁大战即发生在这里，故称‘武赤壁’；二是黄州的赤壁，因才子苏轼被贬做黄州团练副使，在这里留下了大量的诗赋文章，故称‘文赤壁’”。

[4] “指下高山”四句：出自《亘史钞·遥集编》，呼文如作。

昨日见那小姐，似有眷恋[1]之意。无奈小生福浅，未及细说。今日我设一宴请方兄，一来酬谢他昨日盛情，二来向他表明我的心事，请他作美，做成好事。

【粉蝶儿】昨宵未及端详[2]，兴正浓宴罢散场。害得人半痴半呆空思量，今番有请方诚再作周方[3]。但愿天助我也，将情人作对成双。

【醉春风】昔时未曾涉情场，今日却把玉人[4]想。全则是上的那呼娘牵肠当，惹的俺心儿里痒、痒。逗的口馋，撩的眼乱，引的脚忙。

这就请他去。我的这位方兄，聪明过人，想必一定有良策妙计。（见介）（外）兄弟报喜。（生）何喜？（外）我看昨日那武昌呼娘对你似

[1] 眷恋：指对某人或某物依恋、留恋，不舍得离去。

[2] 端详：仔细地看。

[3] 周方：王伯良释为“周旋方便之意”，即成全别人，给人以方便。高文秀《须贾大夫谇范叔》第一折：“须贾奉使，多谢大夫周方，今还国，特来告辞。”

[4] 玉人：本指东汉时代制作的玉器，后来又做了引证解释：1. 雕琢玉器的工人。《周礼·考工记·玉人》：“玉人之事。”贾公彦疏“云玉人之事者，谓人造玉瑞、玉器之事。”《荀子·大略》：“和之璧，井里之厥也。玉人琢之，为天子宝。”宋刘克庄《江西诗派序·吕紫微》：“余以宣城诗巧之如锦工机锦，玉人琢玉，极天下之巧妙。”2. 玉雕的人像。晋王嘉《拾遗记·蜀》：“河南献玉人，高三尺。”《北史·隐逸传·崔赜》：“蓝田令王昙于蓝田山得一玉人，长三四寸，著大领衣，冠帻。”3. 容貌美丽的人。《晋书·卫玠传》：“（玠）年五岁，风神秀异……总角乘羊车入市，见者皆以为玉人，观之者倾都。”南朝宋刘义庆《世说新语·容止》：“（裴楷）麤服乱头皆好，时人以为玉人。”后多用以称美丽的女子。唐元稹《莺莺传》：“隔墙花影动，疑是玉人来。”前蜀韦庄《秋霁晚景》诗：“玉人襟袖薄，斜凭翠栏干。”宋谢逸《南歌子》词：“画楼朱户玉人家，帘外一眉新月、浸梨花。”清蒲松龄《聊斋志异·鲁公女》：“睹卿半面，长系梦魂；不图玉人，奄然物化。”黄侃《无题》诗：“春晚垂杨映画楼，玉人微拨钿箜篌。”4. 对亲人或所爱者的爱称。唐权德舆《送卢评事婺州省觐》诗：“客愁青眼别，家喜玉人归。”宋张先《菩萨蛮》词：“玉人又是匆匆去，马蹄何处垂杨路。”金董解元《西厢记诸宫调》卷三：“快疾忙报与您姐姐，道门外玉人来也。”元无名氏《百花亭》第三折：“则今朝别了玉人，多感承谢了盘费。”5. 仙女。唐贾岛《登田中丞高亭》诗：“玉兔玉人歌里出，白云谁似莫相和。”唐杜牧《寄珉笛与宇文舍人》诗：“寄与玉人天上去，桓将军见不教吹。”

有一番意思，莫非世间仅有这等巧合，一见而钟情。不知兄弟有无感悟。（生）我正为此事而来，今日我做东，请方兄小酌一杯，还望助我一臂之力。（外）这是你二人的男女私情，我能作甚？（生）你出良策呀。（外笑介）那岂不占了你的便宜了。（生）此话怎讲？（外）长你一辈，月老人！（生）请吧。（外）这等便行。（行介）

【小上楼】（生）小生特来拜访，方兄务必帮忙。牵上姻线，肯作冰媒[1]，撮合鸳鸯。你若有主张，娶呼娘，将言辞说上，小弟三叩九拜[2]生死不忘。

【石榴花】愚兄一一巧安当，贤弟仔细诉衷肠。切莫误了好时光，能得红颜知己[3]，死无悲伤。如若是凤凰求欢合成双，则落得添福添寿万年长。但愿有情成人美，留的贤名四海扬。

贤弟不必心急，好事还得耐心磨。我已著人去请小姐，想必已收到柬儿，还望耐心等候。（生笑介）小弟此次潮州取职，路经贵府，也许是上天安排，会了老友，又遇知音女，这大概要拜方兄的仁德所致也呵。

【斗鹌鹑】你看他说短论长，这般周方。教人钦敬，不失兄长。做好事热心快肠。句句真情，字字实意，用心记上。

【耍孩儿】早盼着日落收光，翘待着风清月朗。方兄有心来宽慰，丘生越觉日见长。估量著俏玉人也飞在路上，业身躯虽是立在回廊。怕女孩儿春心动，惹鸳鸯儿结对，招粉蝶儿成双。

柬儿送去已有半日，怎么还不见小姐来，莫非不肯与小生相见，这可如何是好？（帖上）姐姐收到官人帖儿，说是备了酒席，答谢昨日小姐的助兴，姐姐著俺先要一遭来，看是何意，再回姐姐话。（见介）（生）

---

[1] 冰媒：出自汤显祖《紫箫记·纳聘》，指媒人。

[2] 三叩九拜：指封建社会觐见帝王及祭拜祖先的大礼。

[3] 红颜知己：也叫红粉知己，就是一个与你在精神上独立、灵魂上平等，并能够达成深刻共鸣的女性朋友。而不单单是让你一味倾诉烦恼的情绪垃圾桶，或者在外面的世界受了伤害才倦鸟望归的巢穴。

小生有礼了！（帖）官人万福。（生）小娘子莫不是呼娘的丫环么？（帖）俺是。不知官人为何问这些作甚？（生）小生姓丘，名齐云，表字谦之，西陵人氏。取职潮州太守。今年方二十有六，正月二十八日乃小生的生日，至今还不曾娶妻。（帖）谁问你这些来？（生）敢问小姐今晚赴约么？还望小娘子务必回去转达我等盛意。（帖）先生是个官人，岂不闻“恭敬不如从命”[1]。既是大人请俺家小姐，那有不来之理。只是你这位官人，昨日初见俺家小姐，俺见你色眼迷蒙，要知“瓜田李下[2]，各避嫌疑”。俺家小姐虽入青楼，却只卖艺不卖身，也是千金之身，一代才女，琴棋书画无所不精。官人习先圣之道，尊周公之礼[3]，自当珍重，岂可这般轻浮！小女这就回姐姐话去，请她赴约，以不薄官人这番好意。只是俺要嘱咐一句，相见时言辞要斟酌些，不可造次。（下）（生）好一个巧言利害的女子！

【脱布衫】真个是才女门下丫鬟强，你看她行止端详不轻狂。不由我小生钦敬深拜了，启朱唇言词的当。

【浣沙溪】月嫦娥，从天降。只要兄妹肯牵线，何愁丘呼不成双。

【哨遍】听说罢心花怒放，把一天愁都抛到九霄[4]上。说小姐命薄入青楼，依我看，则是举止清高！自思想，比及那俗女性情坚毅心地善良，小姐呵，盼你疾疾来休教人频频踮脚望。这等待的兹味儿，吃紧的情牵了肺腑，挑乱了肝肠。若小姐今番不领意，是小生前世未烧香。若果尔前来相会，今生将她心坎儿里温存，手掌儿上供养。

---

[1] 恭敬不如从命：客套话。多用在对方对自己客气，虽不敢当，但不好违命。

[2] 瓜田李下：意指正人君子要主动远离一些有争议的人和事，避免引起不必要的嫌疑。也指易引起嫌疑的地方。

[3] 周公：姓姬名旦，是周文王姬昌第四子，周武王姬发的弟弟，曾两次辅佐周武王东伐纣王，并制作礼乐。因其采邑在周，爵为上公，故称周公。

[4] 九霄：九霄是数量词。古代汉族传说天有九重。又叫九重霄。九霄中的九字，在汉族传统文化中，以九来表示极多，有至高无上地位，九是个虚数，也是贵数，所以有“极限”之意，指天之极高处。

听小娘子言语，小姐知书知礼，一定不会失约，我且耐心等候便是。

然若由来有诚深，千金谁许结同心。
相如自是知音客，怪底文如夜抱琴。[1]

[1] “然若”四句：出自《亘史钞·遥集编》，明代京邑刘仲修作。

第六出

【浣沙溪】（旦上）春色好，遍地青。朝看飞鸟暮飞回。[1]赏心乐事共谁论？[2]

“花时独向金闺里，花下双重玉筋新。风雨深更偏妾妒，海山近日道谁真。参差月影三江树，寂寞庭间二月春。倦倚东风怨啼鸟，落红长伴倚楼人。”[3]著翠娟问官人去，这小贱人怎的还不来回我话。（帖上）俺已问过话了，去回小姐话来。（帖见旦介）（旦）你问过了？（帖）问过了，官人说今晚卯时请小姐赴会，务必赏脸。（旦）就这么点事，怎去了这半日？（帖笑介）姐姐，你有所不知，俺对你说件好笑的勾当[4]。咱们昨日见的那位潮州太守，今日也在那里与府丞官人说话。他先出门儿

---

[1] 朝看飞鸟暮飞回：出自唐李颀《寄韩鹏》：“为政心闲物自闲，朝看飞鸟暮飞还。寄书河上神明宰，羡尔城头姑射山。”

[2] 赏心乐事共谁论：出自明代诗人唐寅《一剪梅·雨打梨花深闭门》。“雨打梨花深闭门，忘了青春，误了青春。赏心乐事共谁论？花下销魂，月下销魂。愁聚眉峰尽日颦，千点啼痕，万点啼痕。晓看天色暮看云，行也思君，坐也思君。”

[3] “花时”八句：出自明代《亘史钞·青楼黄绢·拟寄句》，《亘史钞》中的《青楼黄绢》记述的是明代武昌名妓呼文如和呼文淑姐妹的小传。其中，不少诗词是针对姐妹二人的作品。本首诗就是其中之一，无名氏作。

[4] 勾当：古代文言文中“勾当”有“主管、办理”之意。此处中指“一件事”。

外，等著翠娟，见俺来，他深深地唱了一个喏[1]道："小生姓丘，名齐云，表字谦之，西陵人氏，年二十六岁，并不曾娶妻……"。好笑不，谁问他这些来？他又问："你这小娘子，莫非小姐的丫环么？小姐今晚赴会不？敢请小娘子转达我等盛意。"被翠娟抢白[2]了一顿回来了。姐姐，不知他有甚意思，俺不解，世上竟有这等傻角[3]！（旦笑介）我说来怎半日不回，原来斗嘴哩。翠娟，你还小，不懂世事。天不早了，安排更衣，人家盛情，咱们也不可失礼。（下）（生上）昨日偶见到小姐，未及细看，她却离去，好不教人伤感。今方兄深解我意，从中做美[4]，今晚又请小姐相会，我得好生利用这个机会，饱饱地看她一回。（看天介）真是天公作美，夕阳刚西沉，银盘就高悬，月朗风清，好不惬意。这样的良宵与玉人相会，好合时也。正是："春宇婵娟色弄妍，多情夜夜受人怜。须知一点清光在，偏照愁人愁万千。"[5]

【斗鹌鹑】银河泻影，玉宇澄清，月色横空，花阴满庭。[6]风情文如，撩拨[7]丘生。欲前迎，又缓停，踮著脚儿望，耐著性儿等。

【紫花儿序】翘待那千般风流，万种风韵[8]，无限娇亲。一更之

---

[1] 唱了一个喏：许政扬云："'唱喏'，就是叉手拜时呼'喏'的声音，古时的一种礼教……《老学庵笔记》：'按古所谓揖但举手而已，今所谓喏，乃始于江左诸王。方其时，唯王氏子弟为之；故支道林入东，见王子猷兄弟还，人问诸王如何，答曰："见一群白项乌，但闻哑哑声。"即今喏也。故曰唱喏'。所谓'哑哑'声，与'喏'音相近，故知唱喏时口即发'喏'声。《玉篇》：'喏，敬声也。'《蜀语》：'作揖唱喏。'注：'古者揖必称呼之，故曰：唱喏。'似误，喏非称呼，但有其声而已。《古今小说·错斩崔今》：'崔宁叉着手只应得喏。'大概不出声为揖，为叉手；出声即为喏。"

[2] 抢白：责备，训斥。石君宝《鲁大夫秋胡戏妻》第二折："娶也不曾娶的，我倒吃他抢白了这一场。"

[3] 傻角：徐渭《南词叙录》云："傻角，痴人也，吴谓'呆子'。"

[4] 做美：行方便，做好事。

[5] "春宇"四句：出自《亘史钞·青楼黄娟·竹枝词》，无名氏作。

[6] "银河"四句：出自《西厢记》第本第三折。

[7] 撩拨：挑逗、招惹之意。

[8] 翘待：等候之意。风流、风韵：本指一个人旧时或先后与一个异性发生两厢情愿的关系，包括精神上的倾慕、言语上的亲昵以及行为上的亲近，亦即包括假象性行为，边缘性行为以及核心性行为，异性之间恋爱关系的总和。这里代指剧中人物，即呼文如。

后，万籁无声，直扑玉人。厢房里没揣的[1]见你个可憎，将她来紧紧的搂定。乞求她从今后朝来销魂，暮来销魂[2]。

【锁南枝】（旦）官人请，妾[3]女应，羞羞答答走走停。君子忒多情，小女[4]委实真。花正开，月正明；他有意，我有心。

（旦引帖上）官人如此多情，想必另有意思。不妨试探一番也好，看他是真有心，还是假有心。如若真有缘分，那就是命中注定。翠娟，在前引导，我们进去。（帖）是，姐姐。

【金蕉叶】（生上）猛听得客厅前金莲步声，门角处兰香[5]袭人。踮著脚尖儿仔细定睛：呀，怎比初见时出落得越发齐整[6]。

（外引生上见介）小姐光临，著寒舍蓬荜生辉，甚为感谢！（向旦作介绍介）这位是本丞故友，奉圣旨，赴潮州取太守，路经本府，特来寒舍做客。我这位兄弟，乃当朝名宦，士林[7]名儒。小姐亦乃当今女才，相

[1] 没揣的：意外地，有侥幸意。徐士范曰：“没揣的，犹云不意。”

[2] 销魂：俗谓人的精灵为魂。因过度刺激而神思茫然，仿佛魂将离体。多用以形容悲伤愁苦时的情状。也作“消魂”，但与“销魂”比较，两者都强调结果来源于外在的事物的影响，但后者的程度更重，更具有一种力度感。在日常运用中，“销魂”一般专门用为感情方面，而“消魂”则可适用于任一方面。“销魂”也可形容性感极致的，飘飘欲仙的，诱人的，迷人的。1. 谓灵魂离开肉体。形容极其哀愁。南朝梁江淹《别赋》：“黯然销魂者，唯别而已矣。”唐钱起《别张起居》诗：“有别时留恨，销魂况在今。”明冯梦龙《喻世明言》第一卷：“眼是情媒，心为欲种。起手时，牵肠挂肚；过后去，丧魄销魂。”清龚自珍《贺新凉·长白定圃公子奎耀示重阳依韵奉和》词：“性懒情多兼骨傲，值得销魂如此。”2. 谓灵魂离开肉体。形容极其欢乐。清蒲松龄《聊斋志异·西湖主》：“明允公，能令我真个销魂否？”郭沫若《塔·喀尔美萝姑娘》：“日本的春天，樱花正是秾开的时候，最是使人销魂，而我又独在这时候遇着了她。”3. 谓灵魂离开肉体。形容极其惊惧恐慌。唐杜甫《入衡州》诗：“销魂避飞镝，累足穿豺狼。”元无名氏《冯玉兰》第一折：“猛想起梦中遇见强人，尚销魂，带着满面啼痕。”《胭脂血弹词·兵变》：“乍见烽烟惊破胆，又闻金鼓早销魂。”

[3] 妾：旧时男人娶的小老婆，也指谦词。如妾身、贱妾等。这里指呼文如谦称自己。

[4] 小女：此指呼文如。

[5] 兰香：一名花，亦称山薄荷。为马鞭草料科植物。茎叶捣碎有薄荷香气。

[6] 齐整：此指标致、漂亮。

[7] 士林：指文人士大夫阶层、知识界。

邀一聚，唱和一番，真个是人生一大乐事，还望小姐赏面？（旦）官人厚爱，遵意便是。只是小女才疏学浅，还望官人不要见笑。（生作看状介）“浮空雪色亦奇哉，空色因依遍草莱。醉里禅机君更熟，散花仙女自天来。”[1]看她体修而薄，玉肤甜润；粉脸留香，双眉甚娴[2]；寄意倩欢[3]，闲悉悬采；畜痴并怯，轻盈娇小；欲罢还休，临行又怯；金莲三寸，款步轻慢；桃口慎吐，一吐莺言；起舞婆娑，仪态翩翩；似天仙神女[4]，如月殿嫦娥[5]。好个女子也呵！

【调笑令】我这里定睛、呆出神，莫不是飞燕[6]西施再世回生。你看她羞羞答答穿芳径，轻轻慢慢小脚难行。一笑淡淡桃花面，三言句句勾人心。

（旦）得官人错爱，难得今日这般情景，小女不才，愿赋诗一首，一来尽官人之兴，二来也表寸心。官人意下如何？（生）能得小姐一诗，小生福之非浅了。（旦）“肯将脂粉污颜色，不折花枝缀鬓鬟。何日云中双比翼，春风吹得到人间。”[7]（生对观众介）听这诗有意哩。（生对旦介）姐姐，不愧为楚中女才，不但情深，而且意远。小生不才，和姐姐一首，还望姐姐赐教：“当年红拂解怜才，忽漫逢人笑口开。千里姻缘能缩地，何须空守望夫台。”[8]小生深谢了。（旦对观众介）我出“比翼”，他对“姻缘”，莫非月老近在眼前。（外）妙哉，我悟小姐兄弟之诗，似有花月之意，果若如此，我做个月下老人如何？（旦脸红默不作声介）（生）看小姐那情形，说明方兄做月老说到她心坎儿了。引发了她的情怀，想来小姐正值青春年华，该到怀春的时候了。

---

[1] “浮空”四句：出自《亘史钞·遥集编》，为明代西陵人氏万士南所作。

[2] 娴：美丽。

[3] 寄意倩欢：出自于苏轼《浣溪沙从泗州刘倩叔游南山》。

[4] 天仙神女：指神话中的七仙女。

[5] 嫦娥：上古中的传说人物，《山海经》中古天帝——帝俊的女儿、后羿之妻，其美貌非凡，本称姮娥，因西汉时为避汉文帝刘恒的忌讳而改称嫦娥。

[6] 飞燕：即赵飞燕。

[7] “肯将”四句：出自《亘史钞·遥集编》，呼文如作。

[8] “当年”四句：出自《亘史钞·遥集编》，京邑刘仲修作。

【小桃红】方兄有意话挑明，试探玉人心。看她低头无语声，似默认。难得呼娘这份情，千里姻缘，咫尺秦晋，这两般氤氲[1]得道不清。

我虽不及汉代大才子司马相如之才，但小姐却有卓文君之仪，我且再斗胆吟诗一首，看她对我是否有真意。姐姐，小生有一诗相捧。（旦）多谢赐教。（生）"千里佳期一夕盟，风流若个不钟情。西陵自合相携老，何必呼家变姓名。"[2]（旦暗自言介）这样清新动人的好诗，分明是在窥我之意，如若得此官人，也是小女之福，我不妨也依和他一首，探他之心。（对生介）官人之意，小女深领了。俗话说，有来无往非礼也，小女再和官人一首绝句，以表寸心："名花为幄翠为盘，舞罢秦筝手自弹。一出霓裳绝今古，怪她独许使君看。"[3]（生笑介）应和得这样快，足见其才思敏捷了，非一般女子可比也。（旦）官人过奖。（生对外介）她这诗，已有其意了。

【秃厮儿】你看她脸儿一笑百媚生[4]，心儿一动忒聪明。信口怜诗应和切，一字字诉衷情，堪听。

【圣药王】她那里思不尽，我这里意以明，娇鸾雏凤显双星。[5]她若是共小生、私觑定，两厢酬和到天明，方信道自古才子配佳人。

【麻郎儿】她轻言慢语低吟，我全神贯注孜听。知音者芳心自醒[6]，感怀者情意已明。

---

[1] 氤氲（yīn yūn）：又作细缊。烟气蒸腾、纠结缭绕之意。《易·系辞下》："天地细缊，万物化醇。"孔颖达疏："细缊。相附著之义。言大地无心，自然得一，唯二气细缊，其相和会，万物感之，变化而精醇也。"释文曰："细缊，本又作氤氲。"

[2] "千里"四句：出自《亘史钞·遥集编》，明代娄江曹子念作。

[3] "名花"四句：出自《亘史钞·遥集编》，明代西陵朱末夫作。

[4] 百媚生：言有许多妩媚动人之处。白居易《长恨歌》："回眸一笑百媚生，六宫粉黛无颜色。"

[5] 娇鸾雏凤：幼小的鸾凤。比喻青春年少的情侣。

[6] 芳心：美人之心，曾巩《虞美人草》："芳心寂寞寄寒枝，旧曲闻来似敛眉。"也用来指对他人心志的敬称。醒：警醒。

（更鼓声三响介）（帖）姐姐，夜深了，咱们回去吧。（旦）小女告辞，后会有期。（下）（生叹介）时间怎么过得这快呀！

【幺篇】我忽听、木声、追紧，元来是扑刺刺夜已三更，昏惨惨烛泪将尽，心焦焦诗酒罢停。[1]

【麻郎儿】她轻轻慢慢欲行，（行介）我依依脉脉随行。情恋恋乱了方寸，意伤伤失了魂神。

【东原乐】憎将离[2]，吾紧跟，赶著儿悄悄相问，她怯怯羞羞低低应。三更鼓过夜已深，厮有意，我庆幸，丘生福命。

【孝顺歌】寻花客如玉，人探春山寺，结伴行。柳试几枝青，云幻半江影。卿似旧岐柳，予如出岫云。莫浪说凭，无心辜负黄金嫩。[3]

【皂罗袍】早是雪儿飘粉，见梅儿潇洒，芷芷争春。梦儿冻死也离魂，气儿呵杀全无影。门儿重掩，被儿半熏，人儿不见，病儿怎禁，屏儿靠热床儿冷。[4]

【络丝娘】转眼间空荡荡客堂落冷，人稀稀诗酒消停。才刚亲热又离魂，今夜把个相思病整。

【锦搭絮】恰寻归路，孤立空庭，风清月朗，云散星明。呀，今夜欣喜有四星，明朝好事又倍增。她那里秋波暗送，咱两个口不言心自省。

【拙鲁速】真个是方兄做美忒有情，捉促个成惺惺惜惺惺[5]。月儿圆又明，蝶儿双又成；堂儿外静悄悄的鸟儿也不鸣，忒娇娇的身儿婷

---

[1] 扑刺刺、昏惨惨、心焦焦：语气助词，无义。

[2] 憎：本指可恶，本剧中则是“可爱”之意，是“可恶”的反义词。

[3] 孝顺歌：出自《亘史钞·青楼黄绢》，无名氏作。

[4] 皂罗袍：出自《亘史钞·遥集编》，呼文如作。

[5] 捉促个：促成之意。惺惺惜惺惺：即惺惺相惜，指性格、志趣、境遇相同的人互相爱护、同情、支持。有才能的人互相仰慕，相互欣赏。

婷；云鬓儿盘的匀，莲步儿移的轻。这般的玉娇娘，怎不教人也动心。

【幺编】怨不能，恨不成，坐不安，睡不宁。今夜里客栈空冷，玉屏遮云。夜深人静，海誓山盟——恁时节风流嘉庆，百般撩人，美满姻缘，咱两个共前世今生。

【尾】一生缘分今日定，两首情诗即联姻。再不夜夜梦里把花寻，只去遗爱湖亭[1]耐心等。

“精诚所至，金石为开。”[2]只要我一追到底，就一定有洞房花烛之夜。

方兄设计牵线姻，翠娟细察识缘分。

丘生吟诗试小娇，文如酬和动春心。

---

[1] 遗爱湖亭：指黄州遗爱湖边的遗爱亭。

[2] 精诚所至，金石为开：意指人诚心所到，能感动天地，使金石为之开裂。比喻只要专心诚意去做，什么疑难问题都能解决。形容真诚对人产生的感动力。语出《庄子·渔父》：“真者，精诚之至也，不精不诚，不能动人。”

第七出

【尾犯序】（旦引帖上）镜前细细描。梳得明妆俨雅，仙珮飘飘。未曾想，能有今日幽期约定，全在昨日秋波妙。缘到，真情欢笑为他妖，泪花打迸献君娆。薄命夭[1]，精神出现留与那厮标[2]。

“赤壁山间月，重呼到酒边。清光虽照我，已减一分圆。”[3] 翠娟，你看天气多好呵，又是一个风清月圆之夜，正是闲情的好时儿，替我梳妆，晚来出去闲散闲散。（帖）是，这就拿洗水饰儿来，替姐姐理妆。（对观众介）昨日姐姐在酒席间与那潮州太守，又对诗，又对眉，辞别时又约好今晚在遗爱亭相会。往日她都是自个儿梳妆，今儿个则著俺替她打扮，分明是要见那官人才这般的，俺不妨挑她一挑，看是甚意思。（对旦笑介）姐姐，今日个这般打扮，是不是要去相亲也呵？（旦）小贱人，乍胡说者来，我生来命薄，落入风尘[4]，有谁看得起象我这样的

---

[1] 薄命夭：剧中主角自指，即呼文如。夭：也指美丽。

[2] 标：鉴赏。

[3] “赤壁”四句：出自《亘史钞·青楼黄绢·十六夜月下酌烟霞阁》，无名氏作。

[4] 风尘：出自杜甫《赠别贺兰铦》“国步初返正，乾坤尚风尘”。此指娼妓生活。

女子！（帖）姐姐休这般说，依翠娟看，姐姐才过文姬[1]，貌赛昭君[2]，贤比长孙皇后[3]，可不是一般女子所能及哩，何故自卑。俺看这世间也有识人的君子，昨日那潮州太守，言词就对姐姐有怜香惜玉之意。这官人不但是个俊角，才气也非等闲，是个难得的人才，你两十分般配，小姐何不向那官人表白自个儿芳心，若能得一个如意郎君，有个终身依托，岂不甚好！也让俺翠娟沾些光儿。（笑介）昨日小姐与那官人约好今日相见，姐姐果尔有意于他，翠娟愿做个红娘，促成好事。（旦默认介）正是：呼娘无限牵挂事，翠娟一语道破中。（并下）

【新水令】（生上）明月弄影芙蓉笑，清风拂摸柳枝摇。薄雾云盖绕，讽咒湖波潮。美景良宵，盼可憎娘[4]早到。

---

[1] 文姬（177—249）：即蔡文姬。名琰，字文姬，一字昭姬，陈留圉（今河南杞县）人，为蔡邕的女儿，博学有才，通音律，据称能用听力迅速判断古琴的第几根琴弦断掉，是建安时期著名的女诗人。代表作有《胡笳十八拍》《悲愤诗》等。蔡文姬纪念馆在 1991 年建立，位于西安城东南蓝田县三里镇乡蔡王村。馆内详细介绍了蔡文姬生平事迹，陈列着蔡文姬所著《悲愤诗》和琴曲歌词《胡笳十八拍》，以及蔡文姬在史书中的记载，其中包括《后汉书》中的《董祀传》，还有蔡文姬墓和现代著名书法家书丹的《胡笳十八拍》石刻。

[2] 昭君：王昭君（约前 52—约 15 年），名嫱，字昭君，汉族，南郡秭归（今湖北省宜昌市兴山县）人，西汉元帝时和亲宫女，与貂蝉、西施、杨玉环并称中国古代四大美女。汉元帝建昭元年（前 38)，王昭君被选入宫，成为宫女。竟宁元年（前 33) 正月，时为匈奴单于的呼韩邪第三次朝汉自请为婿，王昭君奉命嫁与其为妻，号为宁胡阏氏。二人共同生活三年，育有一子伊屠智伢师，后为匈奴右日逐王。建始二年（前 31)，呼韩邪单于去世，昭君向汉廷上书求归，汉成帝敕令“从胡俗”，依游牧民族“收继婚制”，复嫁呼韩邪单于长子复株累单于，两人共同生活十一年，育有二女。王昭君去世后，葬于呼和浩特市南郊，墓依大青山，傍黄河水；后人称为“青冢”；到了晋朝，为避晋太祖司马昭的讳，改称明君，史称“明妃”。

[3] 长孙皇后：小字观音婢，名不见载。隋右骁卫将军晟之女。八岁丧父，由舅父高士廉抚养，13 岁嫁李世民。武德元年册封秦王妃。武德末年竭力争取李渊后宫对李世民的支持，玄武门之变当天亲自勉慰诸将士。之后拜太子妃。李世民即位 13 天即册封为皇后。在后位时，善于借古喻今，匡正李世民为政的失误，并保护忠正得力的大臣。先后为皇帝诞下三子四女。贞观十年崩。谥号文德皇后。上元元年，加谥号为文德圣皇后。李世民誉之为“嘉偶”“良佐”并筑层观望陵怀念。尝著有《女则》三十卷，尚有翰墨存世，今均佚。仅存《春游曲》一首。幼子即唐高宗。

[4] 可憎娘：指呼文如，可憎本意是厌恶、可恶，此处是可憎的反义，即可爱之意。

"安石孤根托谢庭，合欢枝上日青青。悬知雨露深如许，结子明朝似小星。"昨日约定今夜在遗爱亭[1]与小姐相会，想必小姐正在打扮，看那昨日对诗之意，分明有情于我。俗话说："女大不中留。"[2]她春心已动，一定不会失约，我就在这亭儿耐著性儿等待。你看这儿好景致呵。

【驻马听】粉蝶翻飞，双双对对花中戏；鸳鸯嬉逐，对对双双水中闹。闺门不许官人敲，长亭定有翠娟报。害相思的[3]馋眼恼，见她时须看个十分饱。

（帖上）昨日那西陵官人约俺家小姐今日黄昏在遗爱亭相会，俺先去耍一遭来，探那官人是不是失约，免得俺家小姐没意思。（见介）（对观众）看来这官人比俺家小姐还急哩。（对生介）官人万福。（生）小生见过小娘子，请问你家小姐为何没来？（帖）俺家小姐著小女先来见过官人，怕官人应酬多不能按时前来，既然官人这般志诚，俺这就告诉姐姐去。（生）多谢小娘子说话。

【沉醉东风】风月姐文君[4]相貌，潇洒哥司马[5]才高。情郎娇妻一弄，才子佳人双娇。心儿里暗自祷告：则愿得方兄[6]作美，爹老[7]作福，丫鬟作桥[8]，弗啰，早成就了洞房花好。

（旦引帖上）翠娟，你在前引导，咱们这就走一遭。（生对观众介）小姐果不失约，看来有戏哩，我这就迎上去。（见介）小生有礼了！

---

[1] 遗爱亭：指黄州遗爱湖之遗爱亭。

[2] 女大不中留：自古至今有"三不中留"之说，即女大不中留，人老不中留，蚕老不中留。

[3] 害相思的：害相思，俗称相思病，就是在男女情感中一方对另一方的情感到了朝思暮想、魂牵梦绕的地步。有的可能是单相思，对方不一定知道。本剧中是丘谦之自指。

[4] 风月姐：指剧中旦角呼文如。文君：即卓文君。

[5] 潇洒哥：指剧中末角丘谦之。司马：即司马相如。

[6] 方兄：指剧中外扮角方诚，即府丞。

[7] 爹老：指丘谦之之父丘梁，时任四川保宁府通判之职。

[8] 作桥：即做媒妁，红娘。

（旦）官人万福！（生）多谢小姐。（对观众介）我这般志诚，感动神仙下凡降到了我的面前。（帖对观众介）俺早看出来了，官人就是等著这神仙。（生）请姐姐上坐。

【普天乐】这般的人年少似花夭，不多时更妖娆。只因她福分已到，且珍惜红颜易老。论人间花月一季妙，莫把风光丢抹早[1]。想今生若离情欲火难销，从今后细呵妒娇惯供养，使呼娘一世倾国倾城[2]貌。

【得胜令】恰便似东风立细腰，粉鼻儿倚琼瑶[3]。淡淡梨花面，小小檀口桃。风骚，满脸儿堆著俏；苗条，身段儿透著夭[4]。

小生有句话，冒昧说与小姐，还请小姐宽恕。小生虽在朝中做官，但至今尚未婚配，虽则有媒提亲，然皆不甚合我意。自前日见了小姐，我神魂不安，情思不快，不思茶饭，夜难成眠，整日间想著的全是小姐，我想这大概是缘分的缘故，今请小姐相会，还望小姐不弃，许我为妻，小生将感激不尽。（旦叹介）官人错爱，是小女之福，只是小女落入风尘，唯恐沾污了官人的名声。再者，自古至今，男婚女嫁讲的是门当户对，你我有天壤之分，婚姻之隔，又甚何以以一时之动念而违了规矩，遭人非议，还望官人斟酌。（生）小姐此话错矣。且不知荷花之所以受人怜爱，是因为它出污泥而不染，又何来污名之说。小姐如同这池塘里的芙蓉，虽身在风尘，却洁身自好，不但才高貌美，而且心地善良，小生又何以风尘之名断我所爱也。至于说男婚女嫁要门当户对，那更是世俗之见，迂腐之规，不足采信。岂不知大凡世间之人本来就无贵贱之分，官人是人，风尘女也是人，我又何以此而舍我之恋乎！（旦）听官人话来，小女感动，既官人不弃，小女心领了。（生）小生自在宴厅中看见小姐，就一见钟情，不想今日果然喜结连理，这岂不是前生有缘，

[1] 莫把风光丢抹早：即很快损坏了美丽的容貌。
[2] 倾国倾城：原指因女色而灭国，这里指容貌极美。
[3] 琼瑶：美玉。本句是说如美玉琢成。
[4] 夭：多义字，本指未成年人死亡。这里指美丽。

老天安排。（帖）千里姻缘一线牵，姻缘原非人力所为，一切皆是天意。（生）小娘子说的在理，人世间有些事说有也无，说无又有，很多情事不可预料，还是古人说的好："地生连理枝，水出并头莲。"

【乔牌儿】年少花如貌，青春绝色俏；行止端方不轻狂，言辞恰当分寸妙[1]。

【甜水令】这般苗条，那般妖娆[2]，把人迷倒，胜过苏小小[3]。沾花人儿，风流业冤[4]，怎可知道，痴情者泪眼偷瞧。

【折桂令】著小生醉的难言，想的难熬。诉声儿似黄莺[5]婉教，眼神儿似秋月如皎[6]。万千种仪姿，把一个痴心儿迷的颠颠倒倒[7]。官家的不恋江山，儒家的则把书抛。你瞧她，莲步轻移，桃脸堆笑。看了娇态，馋了眼恼。

（旦）夜深了，有些凉意，官人喝点茶，暖暖身子。翠娟，倒茶来。再回去给我拿件衣来添著。（对观众笑介）你看官人扭捏身儿百般做作，好不教人酸酊。

【锦上花】你看他风流相貌，青春年少；内心儿聪明，冠世才高。出众身标[8]忒过分晓，这般的在人前卖弄俊俏。

（旦笑介）我看官人这儿个把心思全用在俺身上哩。

前日那一见，昨日那一遭，形状分明有预谋，到今日黄昏幽会把

---

[1] 妙：恰到好处。

[2] 妖娆：艳冶美丽。凌濛初曰："妖娆，面庞冶丽。"

[3] 苏小小：南齐时钱塘第一名妓，中国最有名的才女佳人。（后被改编为《白蛇后传》尹双双）

[4] 业冤：1. 犹言冤家。称似恨而实爱的人 2. 罪业冤仇。

[5] 黄莺：也有称"黄鹂"、"黄鸟"等，分类上属鸟纲黄鹂科。

[6] 秋月如皎：秋无月光尤为明媚。

[7] 颠颠倒倒：指纷乱的样子。

[8] 身标：即身材、身段。

心表，想心思全然在嫩娇娇。

（生）小姐今番这般言语，还真有意于我哩，我怎的这般好福气也呵！这番好事我得修书告之老父，只是小姐这身世，恐老父不依，

【碧玉箫】情驻眉梢，心绪你知道；愁情顿销，心苗我猜到。畅其哉，咱两好事奇妙，忧来有感，喜来有兆，怪道几日眼皮跳[1]。

（帖拿衣慢行介，生与旦做亲密状介）（帖）俺才走了这一会儿，他们就团成一垛。

【红绣鞋】你看那挽着挽着亭台月坐，听着数着愁着怕着三更将过。三更过，情未足；情未足，夜如梭。无那更一更又妨甚么！

【鸳鸯煞】武昌姐兴意犹浓，西陵哥离愁懊恼。劳攘了一宵，月西沉，更木响，鸡儿教。唱道是更的人心急，教的人心焦。好事收拾忒过早，前番愁绪刚销，今番相思又到。（并下）

【络丝娘尾煞】则为你绝代佳人风骚，少不得风流浪子消耗。

使君千载擅风流，一夜相思下翠楼。

浪迹江天深未署，不知何处是亭州。[2]

---

[1] 眼皮跳：民间传说有喜事到来，人有先兆感应，眼皮跳就是其中一种。

[2] “使君”四句：出自《亘史钞·遥集编》，明代常州陈猷夫作。

第八出

【满庭芳】（老生扮丘通判[1]上）西陵望族[2]，西蜀名流[3]，几番庙堂[4]高就。乌纱紫袍[5]，功业未曾有。无奈华发[6]将休。意欲抽身还故土，还只怕君恩挽留，半刺[7]难左右。

“一世清名西蜀留，今生贤德保宁修。来时只阅官中卷[8]，去时惟带宅中锄。”自家四川保宁府通判丘梁，表字凤一，乃唐朝大将军丘行恭之后，流落湖广，年过五旬，想廿岁中举[9]，三年取士，三十岁晋通判。清民惠政，虽说无有大功殊业，但也未负君恩厚望。内有夫人李氏，乃宋朝词人李清照嫡派。自幼私塾，颇知诗书，通情达理。自家西陵县，见世贤德。夫人单生小儿丘郎，名唤齐云，表字谦之。相貌堂堂，聪慧过人，三场得手即仕途大进。上蒙圣恩，下荫祖福，前番又出任潮州太守。这是孩儿之荣，丘门之幸。昨日收到孩儿寄来的家书，言曰娶妻之事，想孩儿年纪已二十有几，只因忙于府政，将个人终身大事耽搁，早

---

[1] 老生扮丘通判：指丘谦之之父丘梁，时任四川保宁府通判之职。

[2] 望族：有名望，有地位的家族。在明朝，西陵丘氏家族几代都出了进士、举人人物。兴盛二百余年。

[3] 西蜀名流：指丘谦之之父丘梁。

[4] 庙堂：即官署。

[5] 乌纱紫袍：高官的帽子服装。

[6] 华发：头发花白，指年老。

[7] 半刺：指州郡长官下属的官吏，如长史、判驾、通判等。本剧中指通判丘梁。

[8] 来时只阅官中卷：形容做官勤奋。

[9] 中举：即乡试考取举人。

该谈婚论嫁。不料他却这般无甚见识，认了一个武昌的青楼女子，欲纳入室。想自家世代书香，名门望族，官宦人家，岂能迎娶这般女子为媳，且不辱没家门。此事万万不可。自家这就修书一封，著人速速送去，以绝孩儿之念，做出不孝之举。仆童，（仆僮上见介）小的在，老爷有何吩咐？（老生）将文房四宝拿来。（仆）是（仆拿文房四宝递介）（老生写书介）我这里有一家书，你星夜送往黄州府客栈，见相公时，就说老爷特地送家书来，然后拿了相公回书速速赶回。（仆）小人知也，这便启程。（老生）真是一场欢喜一场忧也呵。

【赏花时】则闻道一朝仕途奔太守，未料想一世前程绊[1]女流，（叹介）风光半载了，功业数年休[2]。

仆童，老爷嘱咐的言语记著。

则说道特地寄书邮。

（仆）得了这书，得速速赶往黄州府走一遭。（并下）

一自西来剑阁深，尊前无复白头吟。

谁怜赤壁扁舟后，明日沧波夜夜心。[3]

[1] 绊：本意是挡住或缠住，本处指束缚和牵绊。

[2] 半载……休：形容半途而废。

[3] “一自”两句：出自《亘史钞·遥集编》，呼文如作。

第九出

【锦缠道】（生上）顿生忧，虽则黄州遇了风流。客栈三生路[1]。怎知姻缘巧合就；爹顺意否？但求菩萨来保佑。则索左右苦思量，仍觉心愁，添一抹三分由[2]，许多迤逗，功名事未酬，怎肯我娶风尘女秀。

“楚江雪望渺无垠，忽有佳人此问津。驿使不烦相寄讯，一枝自送陇头春。”家书寄出已有些时日，算来应该快得到老爷的回书了，这些时日我心绪不定，寝食难安，不知老爷是何意思，好熬人也呵！

【集贤兵】虽牵了情线，却在心上纠；家父局板守陈旧，又早眉头。怕著时依然还又，恶思量无了无休。天生来一寸眉峰，终日间许多颦皱。旧愁未消又添新愁，厮混了难分新旧。旧愁似大别山巍巍，新愁似长江水悠悠。[3]

---

[1] 三生路：唐代李源与惠林寺僧人圆观（亦做“圆泽”）是好朋友。圆观圆寂之际与李源相约十二年后于杭州天竺寺外重逢。李如期前往，但见一牧童唱道：“三生石上旧精魂，赏月吟风不要论。惭愧情人远相访，此身虽异性长存。”此牧童即圆观的后身。事见《太平广记》卷三八七。亦见于明张岱《西湖梦寻·三生石》和清墨浪子《西湖佳话·三生石迹》。苏东坡的《僧圆泽传》流传最广，当代台湾散文家林清玄根据苏文而作《三生石上旧精魂》，后以“三生石”代指姻缘前定，此处则指呼文如和丘谦之定下婚姻盟誓之处。

[2] 由：这里借指事由、事政。

[3] “怕著时”八句：出自王实甫《西厢记》第五本第一折：“忘了时依然还又，恶思量无了无休。大都来一寸眉峰，怎当他许多颦皱？新愁近来接着旧愁，厮混了难分新旧。旧愁似太行山隐隐，新愁似天堑水悠悠。”此处根据剧情略做修改。

（仆上）奉老爷言语，特将书来与相公。想必相公也等得焦急，我这就送去。早来到相公门下，（做咳嗽介）（生）谁在外著？（仆）相公，是仆童，从保宁来，老爷有书在此。（生）昨日灯花爆，今日家书到。才刚想到这事，这等就来了。（开门见介）你进来，（仆）老爷接到相公家书，我看老爷脸色，好不怒恼。又急修了这回书，还再三嘱咐小人好生收著，不可丢失，速速送来。我来时，老爷坐堂子去了。（生）这畜牲不省说，判案唤做升堂。（仆）相公说的是。有书在此。（生接书介）

【金菊香】早盼著家书快到减了心忧，不争想书来又添了症候。仆僮的话儿不顺口，心已犯愁。书未开，事已休。

【醋葫芦】我这里满心欢喜待，他那里气成怒恼羞。多管阁笔尖儿未写早索索抖[1]。寄来的书火星儿兀自有，我将这喜泪变做悲泪流，正是水中月镜中花空守。

（生念书介）“吾家自明开元以来，读圣贤书，历讲婚姻当对，靖候成规。儿蒙圣旨御笔除授，自当重功名而薄情爱，诚有浅见纳青楼女子入室之理耶？岂不闻‘无风化者，自上而行于下者，自先而施于后者，’之诫，做出此等伤风败俗之事。接信之日，自当杜其此念。后成一绝，予以诫之：保宁慈父忧心肠，潮州小儿休轻狂。既蒙荫恩当衣锦，切莫轻名重艳妆。

【幺篇】当日向保宁府守旧，今日向西陵爹昏庸。总承望官宦人才理应占上鳌首？怎想道血肉之躯能不惜花爱柳？早盼著老佛爷开恩成就锦绣？却盼来棒打鸳鸯冷守空楼！

（生）你吃饭不曾？（仆）上告相公知道，早晨至今空立厅堂，那有饭吃。（生）书僮，备下饭来给仆僮吃著。（丑）是。哥儿吃饭去。

---

[1] 阁：通“搁”，搁置。阁着笔尖，犹停笔未写。《新唐书·刘子玄传》：“每记一事、载一言，阁笔相视，含毫不断……”

（仆）感蒙赏赐，我这就去吃饭。相公写书，老爷著小人索了相公回书，速速赶回，至紧，至紧。（生）书僮，取笔砚来。（丑来介）是，这就拿来，（生做写书介）书却写好，一言难尽，苦煞我也。我另寄雨伞[1]一把，古筝[2]一张，莲花两朵，瑶琴一把，玉箫一支，斑管一支给老爷。仆童，你收拾得好者。这十两银子，就与你盘缠。（仆）老爷若大年纪，要这些作甚，寄与他有甚缘故？（生）你不知道，这伞儿呵，

【梧叶儿】他若是打着伞，便知道将鸳鸯来拆散；儿是爹娘骨肉，不信不想我心软。

（仆）这古筝要怎么？（生）这意更深哩，

常则是好事磨难，著我意争辩，总有一天会回转。

（仆）这莲花小人知道，

（合）到那时芙蓉出水并蒂莲。

（仆）这瑶琴又将怎样？（生）这琴么，

【后花庭】想当初相如君将琴弹，到后来文君妹牵情线。他怎肯冷落了琴中意，我则怕气恼了冲断弦。

（仆）这玉萧，有甚意思？（生）这更不能少，

我得有个由缘，他如今只顾颜面，只怕他逐人儿铸成冤。

（仆）斑管，要怎的？

愁水湘江漫，当日娥皇因虞舜寒，今日丘生向佛爷言，那九凝山，

[1] 伞：与“散”谐音，寓音“拆散”、“打散”。

[2] 筝：是古老的汉族弹拨乐器，因“筝”与“争”谐音，这里有申辩之意。

莫让泪珠儿深淹。[1]

【青哥儿】都一般啼痕透湮，似这等泪斑婉如旧然。万古情缘一样难。涕泪成川，怨慕难全。对佛爷[2]细细说由缘，休将喜作怨。

（生）仆僮，这东西收拾好著。（仆）理会得。（生）你要在意呵，

【醋葫芦】你一路风雨行又难，休将这包袱儿丢闪，贵重言语全在里儿念。倘或粗心大意一遗损，我则怕内情难达两命完，一桩桩一件件细收全。

【金菊花】书封雁足皱眉尖，情系人心成与怨，西蜀望来无际也，倚依西楼，人不见，心难安。

（仆）小人拜别，这便去也。（生）仆童，你见老爷对他说。（仆）说甚么？（生）就说，

【浪里来煞】他那里为我想，我这里因他忧。愿封书成巧舌头：盼望著不认死理随儿愿，不觉的过了小春时间，到如今度日似年人瘫软。

（仆）得了回书，星夜回俺老爷话去。

无情棒刁打鸳鸯，有情书苦诉衷肠。
老通判死顾颜面，新太守痛断情殇。

---

[1] “愁水”三句：斑管：即斑竹制笔管，《董西厢》释斑管云：“紫毫管，未尝有。”可证。斑竹，又名泪竹、湘妃竹，生在湖南省宁远县苍梧山（即九嶷山）中。梁任昉《述异记》：“昔舜南巡而葬于苍梧之野，尧之二女娥皇、女英追之不及，想与恸哭，泪下沾竹，竹上文为之斑斑然，亦名湘妃竹。”（卷上）《水经注·湘水》：“湘水出零陵始安县杨海山……西流径九疑山下，蟠基苍梧之野，风秀数郡之间。罗岩九举，各导一溪，岫壑赋阻，异岭同势，游者疑焉，故曰九疑山山南有舜庙。”（卷三十八）疑：亦作嶷。虞（yú）舜：即舜，远古部落有虞氏的领袖，故称虞舜。

[2] 佛爷：帝王的特称，本剧中指丘谦之之父丘梁。

第十出

【浣溪沙】（生上）风卷珠帘月色沉，心中烦闷锁垂门，高堂羁绊不由人。百结愁肠无昼夜，一番情意最伤春，丘生苦煞几时分。

“雪作杨花舞暮烟，使君沉醉倚雕鞍。可怜少妇空回首，一面红颜筋玉寒。”[1]自从见了家父来书，我神魂颠倒，愁绪纷乱，情思不快，不思茶饭。整日间懒懒地无精打采，又怕被小姐发觉，推说是思念母亲所致。本来就心情伤感，又正值残春天气，阴雨沉沉，只见落花流水春去也，好烦恼人也呵！想那两夜，她传情，我对目，我吟诗，她应和，真是美景良宵，如今落花无语水东流，只能埋怨东风不解人意。正是：情诗有意恋春色，花落无语怨东风。

【一剪梅】[2]雨打梨花深闭门[3]，减了精神，没了精神。心儿苦事向谁倾？花不消魂，月不消魂。愁聚眉峰终日颦，千点啼痕，万点啼痕。脸上阴云总难晴，朝也昏沉，暮也昏沉。

【八声甘州】怜人瘦身，更觉伤神，又逢残春。罗衫宽褪[4]，还

---

[1] “雪作杨花”四句：出自《亘史钞·遥集编》，丘谦之作。

[2] 一剪梅：是明代大词人唐寅的代表作。雨打梨花深闭门，忘了青春，误了青春！赏心乐事共谁论？花下销魂，月下销魂。愁聚眉峰尽日颦，千点啼痕，万点啼痕；晓看天色暮看云，行也思君！坐也思君。此首是其中之一，作者借用了此首之意，略做修改。

[3] 雨打句：语本宋李重元《忆王孙·春词》：“杜宇声声不忍闻，欲黄昏，雨打梨花深闭门。”

[4] 罗衫宽褪：褪亦宽松之意。秦观（品令）：“美人愁闷，不管罗衣褪。”

能几度销损？篆烟[1]如缕午风平，日影萦阶愁难尽；无语怨家亲，目断行云[2]。

【混江龙】落花缤纷，风飘飞絮愁煞人；晚鸭梦醒，群雁辞春。蝶粉清沾飞絮雪，燕泥香惹落花尘。系青春虽短情意长，隔花阴人远天涯近。[3]不近情的爹呵，伤透了武昌呼娘，消减了西陵官人。

（丑）官人情绪不快，我将汤饭准备丰盛些，好吃着，添点精神，烦恼事也就忘却了。（生）我这个样儿，连书僮也看出来了，他用心调理，可哪知这是心里苦也呵！正是：楚天迢递鬓成丝，欲访桃源路转迷。落日孤舟清籁响，满江欧鹭不胜悲。[4]

【油葫芦】佳肴美酒香满厅，休将我来薰；便将上品摆尽，则索无心品。元想道香床绣枕共鸳鸯，没料到玉堂人物难亲近[5]。这些时睡又不宁，饭又不进，我欲待吟诗又无兴，闲步又闷，每日伤心昏沉沉。

【黄莺儿】[6]睡鸭冷炉薰，恨幽期隔彩云。啼痕界破残妆粉，江兰自芬，春雁断群。疏钟送声，黄昏枕月缤纷；前村砧杵，琴瑟不堪闻。

俺家父也好没意思，怎么这么不讲道理。

---

[1] 篆烟：香烟上升时纡徐盘旋，形如篆字，故称篆烟；也指制作成屈曲盘绕，状如篆字的香。元无名氏小说《红娇传》：“日影萦阶睡正醒，篆烟如缕午风平。”

[2] 目断：极目远望。柳永《少年游》：“夕阳鸟外，秋风原上，目断四天垂。”行云：流动的云。《宋史·苏轼传》：“尝自谓云作文如行云流水。”

[3] “蝶粉”四句：出自《西厢记》第二本第一折。

[4] “楚天”四句：出自《亘史钞·遥集编》，丘谦之作。

[5] 玉堂人物：玉堂本为汉代位于未央宫内的玉堂殿，《汉书·李寻传》：“臣寻位卑术浅，过随众贤待诏，食太官，衣御府，久污玉堂之署。”汉时待诏于玉堂殿，唐时待诏于翰林院，遂称学士为玉堂人物。此指呼文如。

[6] 黄莺儿：出自《亘史钞·青楼黄娟》，无名氏作。

【前腔】[1]戍鼓动严城，洒山窗夜雨声。呼云孤雁和愁听，闲依玉屏，慵调锦筝。相思胜较前番，更梦难成，寒灯半壁，今夜为谁明。

【天下乐】书僮呵，我则索精疲力倦却难于绣枕头儿盹，懒出栈门，怕露出面枯身焦儿省[2]。

（丑叹介）老爷也真陈旧，害得官人象被霜打似的，如此这般，怎生是好。（生）我苦也！

这些时直恁般细心著问。小书僮伏侍的勤，老家父拘束的紧，则将他儿丈夫气折三分。

（丑）官人往常不曾如此无情无绪，自从见了老爷来信，便却心神不宁，却是如何？（生）事到如今，怎生是好！

【那吒令】往常但见个友亲，早说的近；但见个圣皇，从容对应；只见了家父，兜的[3]倒褪。想著他前日书，那句儿，如五雷[4]轰顶。

【鹊踏枝】念得句儿沉，读得字儿真。言清意明，煞强似[5]脚儿困紧，怎肯我迈娇娘闺门，如何向玉人通过殷勤[6]。

【寄生草】想著通判爹，呆板人。他面儿温克[7]身儿正，性儿急躁理儿陈，不由人七分惧怕三分恨。真个是一朝为官讲门当，学得来

---

[1] 前腔：出自《亘史钞·青楼黄娟》，无名氏作。

[2] 面枯身……省：形容憔悴。

[3] 兜（dǒu）的：陡然，顿时，立刻。纪君祥《赵氏孤儿大报仇》第一折："可怎生到门前兜的又回身？"

[4] 五雷：即五雷法。明张居正《得道长生颂》："法太乙以命将，按五雷以治兵。"明汤显祖《牡丹亭·诊祟》："再痴时，请箇五雷打他。"

[5] 煞强似：更胜过，比……强得多。

[6] 通过殷勤：传递信息。

[7] 温（yùn）克：温和恭敬。《诗经·小雅·小宛》："人之齐圣，饮酒温克。"温：通"蕴"，郑玄笺："温（蕴）籍自持"，朱熹集传："温恭自持"。克：毛亨传："胜也"，即克制自己的酒风。本指喝了酒还能自我克制，保持温恭仪态。此有文雅温柔之意。

十年守旧求对庭[1]。

【醉扶归】[2]虽然物在人何在，莫道无情却有情。想来霄半壁短檠灯，孤零零独伴离人影。恨只恨别易见时难，怕只怕人远天涯近。

【皂罗袍】[3]谁料谁能薄幸若卿，如苏小我也双生，酒痕争比泪痕深。今番病较前番更，春催人老，幽期可憎。人怜春去，愁怀自萦恶心肠，何事寻花径。

【香柳娘】[4]哀雁儿数声，哀雁儿数声，柘烟刚暝，隔窗掩泪和愁听。叹离群夜惊，短篴起江城，螭云梦初冷。拼相逢何日，问相逢何日，小院碧桃开，深杯花下等。

【十二时】[5]江楼归去同谁凭，口不言两心自省。遗爱亭前草又青。

【步步骄】[6]兰芳握手芳心沁，空恋花容靓，香车候晓行。两月团冈一旦成。孤另种种暗伤神，枕边私语尊前兴。

（丑）官人休得这般想，老爷如知道可了不得！（生叹介）唉，我也只能叹叹气，想想而已。落花有情随流水，东风无意送春归。也是枉然的。（丑）官人这分明是暗示小人行个好事，教小人去通过信息，小人可没这个胆量。

（生作默认介）如此这般，也只能听天由命罢了。

【普天乐】才吱声，就不应。害怕伤身，断然推尽。实用心，空费神，似这般玉人仅能心儿温，娇娘只能口儿吟。月有阴晴，人有悲欢，自古至今。

---

[1] 对庭：指对户。

[2] 醉扶归：出自《亘史钞·青楼黄娟》，无名氏作。

[3] 皂罗袍：出自《亘史钞·青楼黄娟》，无名氏作。

[4] 香柳娘：出自《亘史钞·青楼黄娟》，无名氏作。

[5] 十二时：出自《亘史钞·青楼黄娟》，无名氏作。

[6] 步步骄：出自《亘史钞·青楼黄娟》，无名氏作。

我将书信和琴物寄给老父，已有两月光景，回书应该快到了，不知这次家父看到书信和这几件东西，又作怎样打算，真熬煞人也。（丑）官人少愁，上次官人对老爷说出小姐身世，事发突然，老爷一时生气就说了狠话。这次说不定老爷收到书信和物件看的心动也未可知。何不再等一两日，看老爷怎生意思，再作打算不迟。（生）话虽如此，还是不安。

【三登乐】西陵名门，偏则是红颜薄命。眼见的孤苦伶仃，官宦家，重功名，不许染风尘。天呵，生生地将那青楼女子，休聘。

（剑客上）咱家姓贾，名太，字云风。现在保宁府当差。奉通判之命，来黄州府给相公送家书，顺便转达官老爷之意，不让相公与那青楼女子成婚。一月路途劳苦，今日总算到了黄州府。咱这就将家书交给相公，看他甚意思。（生）书僮，你去前面看著。如有保宁客人来，速速报我。（丑）是，小人便去。（丑出前厅撞见剑客介）（丑）请问，你是哪里来的官人？（剑客）我自四川保宁府来，要见一位姓丘的新任潮州太守，不知小僮可曾认得？（丑）那是我家官人。他唤小人在前看著保宁来人呢。没想到说来就来了。（剑客）奉通判老爷吩咐，特把家书交给相公。（丑）我这就带你去见我家官人。（做咳嗽状介）（生）进来，有人来没有？（丑）保宁来客也。（生与剑客见介）（生）你从保宁来？（剑客）下官奉通判老爷之命，特地给相公传信，有家书在此。老爷还叫我传话给相公，不许与那女子成婚，不然有剑在此。（做按剑状介）（生脸色大变介）你一路劳苦。书僮，先安排客房与他歇息。再备下酒菜，好生招待。（丑）是，请客官去用饭（生接书介）（丑与剑客并下）（生）大事不好，苦煞我也！

【六幺序】信未开心灰意冷，听说罢婚难成。将袖梢儿揾不住啼痕。好教我左右为难，退进无门。可怜那玉堂人物又怎生？伤心我痴情男儿何处奔，吃紧的[1]扼杀了有福之人。耳边如同鼓声连天震，剑光闪闪，寒气凌凌。

---

[1] 吃紧的：追得紧，作助词用。

【幺篇】那厮[1]传闻，冷冰，道我不听家音，一意孤行，便给个家法的认真。兀的不枉送了玉人性命！看那样儿，恨恨似要剪草除根。说甚么官样人家颜面俊，名门望族尊先人。更将那风尘女儿毁名声，要知晓清中有浊，浊中有清。

我今年已二十有六了，为情而死，死不足惜，只是文如小姐正当碧玉年华，来日方长，而且誓死惟我不嫁。如今这局面，叫我怎么办呀！事到如今，想来只有暂时虚以委蛇[2]，听从父命，日后再做长远打算。（剑客上）酒足饭饱，俺得问相公话来，好早赶回，通判老爷还等著回话。（生见剑客介）（生）酒饭可好？（剑客）感谢相公关怀，酒饭赐的好。相公家书可曾写好，通判老爷命我取了回书速速回去，不得迟误。（生）信写好，话已说明，你回去转告老爷，儿听命便是。（剑客）这般就好，随了老爷的愿，我也好交差，得了回书，我星夜赶回保宁，回通判老爷话去。（生）有劳你了。（剑客）就此拜别。（生）一路劳顿。我应了老爷，有这般好处：

【后庭花】第一来免惹老爷气忿；第二来免让玉人惊魂；第三来家母少操心；第四来书僮无事保安宁；第五来小生虽是成年人，

（叹介）我这个儿子做的好惨也呵！

须是丘家的后孙。岂能惜己身，不孝从著风尘；著官家污名声，将前程毁个尽；辱没了先祖，断绝了丘家门，辜负了父母恩。

【柳叶儿】呀，家父棍棒底下不留情。若从他又怕毁约害玉人，我不如白练套头儿寻个自尽。看他怎生，断了后孙，也须得个回头猛省。

【青哥儿】父亲，都做了丘郎生盆，对傍人一言难尽。母亲，恁若

---

[1] 那厮：即那个人。

[2] 虚以为蛇：语出《庄子·应帝王》，指对人虚情假意，敷衍应付。

爱惜丘生这一身。

你孩儿别有一计：

承望作美，劝父认亲，青楼文如，并非妖氛[1]，贤淑双存，促成英雄配美人，成秦晋[2]。

虽说我与小姐不是门当户对，但小姐的人品和才艺，岂是一般女子所能比，若与她成婚，也强于俗气娇蛮的闺秀。

【赚煞】虽说家父看的紧，然我有计死回生。这儿暗向闺阁说原因。躲过风头再议论，也提防着玉石俱焚。风流人总有桃花运，要的是沉着耐心。济不济权将机关来算尽，终会有出师表文[3]，说服家亲，玉人呵，则愿用花言巧语横扫了老昏。

保宁客亮剑示威，丘谦之虚以委蛇。
风流郎痴心难改，青楼女一见钟情。

---

[1] 妖氛：妖气，轻薄。

[2] 成秦晋：结为夫妇。春秋时秦晋两国世通婚姻，后称联姻为成秦晋之好。《左传》僖公二十三年载，晋公子重耳至秦，“秦伯纳女五人，怀嬴与焉，奉匜沃盥，既而挥之。怒曰：‘秦晋，匹也，何以卑我？’”匹：匹敌，汉刘熙《释名·释亲属》：“夫妻，匹敌之意也。”

[3] 出师表文：三国时蜀相诸葛亮在刘备死后，辅佐后主刘禅，励精图治，复兴汉室，建兴五年（277），诸葛亮率军北驻汉中（今陕西省汉中市），准备北伐曹魏。出师前上书后主，即《出师表》。

第十一出

【三登乐】（生上）丘生苦命，偏则是通判无情，眼见的鸳鸯两分。（叹介）情绪损，心头病，泪珠儿暗倾。天呵，偏人家花好月圆，惟西陵孤仃。

[桂枝春][1]人儿不见，梦儿忽乱。枕儿傍半晌如痴，灯儿下几行如线。病儿可怜，病儿可怜；心儿牵绊，口儿作念，意儿悬，滋味儿舌尖上，看疤儿肐膊边。家父陈腐，百般阻止我与呼娘成亲，好不伤感。事到如今，教我怎生向呼娘说话？今日安排小酌，宴请小姐，一来将家父之意微露于她，二来也向她表明我的心志，非小姐不娶。俗话说："将在外，君命有所不受。"时儿一久，只要我意已决，想必家父也会更变主张。书僮那里？（丑上）有哩。眼里不逢乖小使，头上压着老糊涂。得知我家官人诏，急忙上前问事由。（生）你去小姐处走一遭来，就说官人请小姐小酌，有话说，休推故。（丑）小人便去。（并下）（旦上）

【春香带】（旦引帖上）玉真叩官人，痴情无尽，动春心则为紫袍裙。

（起介）前日与官人临别之时，官人一声声"小姐，小姐呵"，

教的我心儿直扑腾。

---

[1] 桂枝春：出自《亘史钞·青楼黄绢》，无名氏作。

（帖笑介）姐姐呵。

（合）想他那情切，那伤神，恨不得天天厮守不离寸。

（帖回介）俺的小姐人儿也，

你时时惦记著客栈里的西陵风流君！

夜来官人说，请我相会。我打扮著等他，皂角也使过两个，水也换了两桶，云鬓整理得一丝不乱，脸儿已用胭脂淡淡容妆。怎么还不见书僮来！（丑上）官人使我来请小姐，我想小姐那首诗，那琴音引得官人心乱，故私定终身。如今老爷横插一杠，死活不依，著实让官人左右为难。今日请小姐，莫非要说此事？这可怎么开口也呵！

【粉蝶儿】俺家官人，功名才气冠当今，在当朝位居能臣。郎中任，太守君，呼文如合当钦敬。原本是所望无成，谁想一首诗到成了媒证[1]。

【醉春风】今日个东阁玳筵开，煞强似燕楼和月等。[2]元指望薄衾单衣有人温，早则不冷、冷。到头来水中捞月，镜里看花，一场空庆。

可早来到也。

【脱布衫】幽僻处可有人行[3]？漫苍苔露珠泠泠[4]。隔著窗儿咳

[1] 媒证：即媒人。《诗经·齐风·南山》："娶妻如之何？匪媒不得。"媒人有男女婚姻合法性之凭证的性质，故称媒证。《通制条格》："其间媒证人等，殉情偏向，止凭在口之词，因以致争诉不绝，深为未变。"

[2] "今日"两句：出自《西厢记》第二本第二折。东阁玳筵：款待贤士的筵宴。《汉书·公孙弘传》："弘自见为举首，起徒步，数年至丞相，封侯。于是起客馆，开东阁以延贤人，与参谋议。"颜师古注："阁者，小门也，东向开之，避当庭门而引宾客，以别于掾史官属也。""阁"：通"阁"。故称礼贤待客之处为东阁。玳瑁为海龟类爬行动物，甲壳有花纹，可做装饰品。玳筵：即以玳瑁装饰坐具的宴席。三国魏刘桢《瓜赋序》："布象牙之席，熏玳瑁之筵。"（《初学记》卷五）这里以玳筵代指丰盛的筵席。

[3] 可有人行：王伯良曰："'可有人行'，言无有也，与'可憎惯经'一例。"

[4] 泠泠（líng）：形容露珠的晶莹透澈。《集韵》："泠，水貌。"

嗽了一声。

（丑敲门介）（旦）是谁来也？（丑）是我，书僮。

她启朱唇急来答应。

（旦见介）拜揖小相公。（丑）官人著小人来请小姐，还望小姐不要推辞。

【小梁州】则见她微笑忙将礼数迎，我这里“万福，佳人”。衣袖款款软腰倾，白襕净[1]，金钗凤儿铮。[2]

【幺编】娟纱金丝绣花裙，可知道引动俺官人。那相貌，凭才性，我从来心硬，一见了也留情。

（旦）既来之，则安之[3]。请客舍内说话。小相公此行为何？（丑）小人奉官人之命，特请小姐小酌数杯，勿却。（旦）多劳官人殷勤，便去，便去。（丑对观众介）我元想女孩儿家羞怯，总得谦辞几句，未曾想答应得这般爽快。看那心儿的那个急劲一点不比官人差。

【上小楼】“请”字儿还未出声，“去”字儿连忙答应；早则官人跟前，“官人”呼之，喏喏连声。小姐才闻道请，恰便似圣旨降

---

[1] 白襕（lán 兰）：一种士人所穿的上下相连的服装。《新唐书·车服志》：“士服短褐，庶人以白。中书令周马上议，礼无服衫之文，三代之制有深衣，请加襕……为士人上服。”是一种较长的衫，其下加一横襕。《宋史·舆服志五》：“襕衫以白细布为之，圆领大袖，下施横襕为裳，腰间有襞积，进士及国子生、州县生服之。”

[2] 金钗：指好的头饰品。铮：亮。

[3] 既来之，则安之：语出《论语·季氏》篇：“故远人不服，则修文得以来之。既来之，则安之。”是说远方的人归服来了，就要给他们恩惠使他们安心留下来。这里是说，既然来了，就要安心待一会儿。

临，和她那五脏[1]六腑随便镫。

（旦）昨日刚见，今日官人怎么又如此多情？（丑）这个嘛，我猜想，

【幺编】也许是谢诗琴，也许是另有因。不请府丞，不邀友亲，不会近邻。避外人，仅随行，和小姐说聘。

（旦）如此，请小相公引导。（丑）如此小人欢喜，

则见她面上腼腆，脚儿急紧。

（旦）翠娟，你再仔细瞧瞧我，看那儿还有打扮得不到之处？（帖）姐姐今日打扮比往日更加风采。翠娟若是个男的，就将小姐娶了。

【满庭芳】桃面淡粉，柳眉素清，连裙弄影。一团儿整得十分挣[2]。迟和疾擦倒苍蝇。杏蕊一靥[3]勾人眼睛，黛眉两点惹人魂灵。

（旦）官人在那等我？（丑）在遗爱亭。

茶饭已安排定，备下陈酿酌满樽，摆下佳肴美味敬。

（旦）小女想来，自认命薄。落入青楼，元想此生只能在风尘中度过，未料到自那日见了官人之后，不想今日得成钟情。岂不为前生分定？（帖）姻缘非人力所为，天意尔。（丑）翠娟姐姐说的是。

【快活三】原本世间事，难说清；一事成，百事成。看似无情却有情。

---

[1] 五脏：五脏指心、肝、肺、脾、肾。《黄庭内景经》云，每一脏都有一神主管：心神元丹字守灵，肺神皓华字虚成，肝神龙裡字含明，脾神常在字魂停，肾神玄冥字育婴。邯郸淳《笑林》：“有人常食蔬茹，忽食羊肉，梦五脏神曰：‘羊踏破菜园矣！’”愿随鞭镫：只是愿意的意思。参见第一本第三折“谨衣来命”注。毛河西曰：“‘愿随鞭镫’，承‘将军令’来，言逐将令行也。但元词嘲趋饮食者多用此句，如《鸳鸯被》剧：‘教洒洒，愿随鞭镫。’《东堂老》剧：‘你则道愿随鞭镫，便闯一千席，也填不满你穷坑。’”

[2] 挣：王伯良曰：“挣，擦拭也。”

[3] 靥：指人脸上酒窝。

自古来：千里有缘来相会，三笑联姻当有痴。[1]

【朝天子】她才貌相兼并。真个是玉人，年纪小动春，恰学害相思病。也许是厌恶风尘，追求洁身，故夜夜思郎聘。又恰逢官人多情，小姐薄幸，兀的怎可有机缘失姻婚。

（旦）你家官人果有信行？（丑）姐姐怎不相信我家官人？

谁无一个信行？谁无一个志诚？恁两个今夜亲折证。

我嘱咐你咱：

【四边静】今宵相亲，姐姐须冷静，可曾惯经？也须款款轻轻，灯下交鸳颈。姻缘好合，有心人必事竟成。

（旦）小相公先行，小女收拾闺房便来，敢问那里有甚么景致？（丑）哪里呀，

【耍孩儿】俺官人筵饮设在遗爱亭[2]，恰便是重温眉黛才子并。官人早则焦急等，小姐勿说疾儿行。准备著凤凰求欢銷金帐，鸳鸯嬉戏闹床庭。俺官人有古筝瑶琴，竹笛萧笙，合奏乐欢令。

（旦）小女风雨飘零，无以为赠礼，却是怎生？（丑）我家官人讲的是

---

[1]　【快活三】曲，意思是：有缘千里来相会，无缘对面不相逢，都是命中注定的。这人运气好，一事顺利，就百事成功；运气不好，就事事无成。比如草木本是无情之物，可是按天意，地上也生有连理木，水里长出并头莲，也相偎相合。连理木，两棵枝干交生在一起的树。班固《白虎通·封禅》：“德至草木，朱草生，木连理。”后来多用以比喻夫妇相爱。南朝乐府民歌《子夜歌》：“欢愁侬亦惨，郎笑我便喜。不见连理树，异根同条起？”又名相思树：战国时宋康王逼死韩凭夫妇，又把他们分葬二冢，“宿昔之间，便有大梓木生于二冢之端，旬日而大盈抱，屈体相就，根交于下，枝错于上。又有鸳鸯，雌雄各一，恒栖树上，晨夕不去，交颈悲鸣，音甚感人。宋人哀之，遂号其木曰‘相思树’。”（干宝《搜神记·韩凭妻》）并头莲，又名并蒂莲，陈淏子《花镜》卷五“莲花辨名，并头莲”：“并头莲，红白俱有，一干两花。”指一茎开两花的荷花，用以比喻夫妇。晋乐府民歌《青阳度》：“下有并根藕，上有并头莲。”兼并，这里是比并、偎靠的意思。

[2]　遗爱亭：指黄州遗爱湖亭。

一个“情”字，哪在乎这些，

【四煞】有心就志诚，无礼也联姻，用礼忒过反虚情。官人肯做多情有义司马客，小姐何不相敬如宾卓文君。休傒幸，怕就怕情意只七分。难就难好事只半程。

【三煞】凭著你心贤良，才艺能，两般儿功效如红定。为甚俺官人心下十分敬？都则是文如性情脱俗群。越显得文淑静，受用足珠围翠绕[1]，结果了血泪青春[2]。

【二煞】小姐孤苦仃，官人无妾门。为嫌繁杂寻幽静。

（旦）别有甚客人？（丑）官人言，

单请你姐姐有情有义闺中客，回避了无是无非局外人。官人有命，道姐姐切莫推脱，和小人即便随行。

（旦）小官人先行，小姐随后便来。（丑)小人先行一步，

【煞尾】姐姐莫再谦，官人专意等。常言道“有来无往非礼情”。休使得官人再来请。

（旦）书僮去了，我这里关上闺门者，也赶了去。待我到官人那里，官人定会这么说：“文如小姐，你来了也，饮几杯酒，弹几个曲。咱两虽不是两小无猜，却也算男才女貌。今儿个成就好事，配成鸳鸯。自此夫唱妇随，抚儿育女，过那日出而作，日落而息的安逸生活，再不卖那风尘之笑，青楼之欢。每日同床共枕，软语微微，好不迷人也呵。”

鬼书僮大献殷勤，灵丫环神会意领。
俏呼娘满心期待，俊丘生忐忑不宁。

---

[1] 受用足珠围翠绕：意为尽情享受婚后的安适生活。
[2] 血泪青春：指妓女心酸血泪的生活。

第十二出

【金珑璁】（生上）懊恼惟成山，忧愁汇成河。伤心的是娇姐，苦闷的是情哥。泪珠几多？全是通判作恶。

“脉脉无语情尽伤，闷闷低吟愁断肠。不知柳思能多少[1]，打叠腰肢更沈郎[2]。”小生著书僮去请小姐，去了这半日，怎生还不见来，莫非有甚么变故，或小姐已听到什么风声？好不闷杀人也呵！（丑上）官人著我去请小姐，小姐著我先行，我这就回官人话来，免得官人闷等。

【一落索】通判脸撕破，小姐怎奈何？一对鸳鸯成南柯[3]，两个雌雄空欢乐。

小姐随后就来。官人听到这话，那个闷劲准会好了。我这就回官人话。（见介）官人，我已请了小姐，她著我先行，随后便来也。（生）小姐肯来便好。

【好事近】愁苦暗消磨，则见时说什么？（叹介）百般摧残，断肠伤事成垛，因何好姻缘难磨合？

---

[1] 不知柳思能多少：出自汤显祖《牡丹亭》第二十四出《拾画》。柳思：即春思。

[2] 打叠腰肢更沈郎：出自汤显祖《牡丹亭》第二十四出《拾画》。打叠腰肢更沈郎：沈郎，指南朝沈约。沈约曾言：“百日数旬，革带常应移孔”，常以沈腰作为身体瘦削的代表。这里指和沈约比比谁更纤瘦。

[3] 南柯：即南柯一梦，形容一场大梦，或比喻一场空欢喜。比喻梦幻的事，属于中性，出自唐李公佐《南柯太守传》。

原来未谈婚时老爷逼我早完婚事，而今孩儿联姻又百般阻拦，是何道理？

谁之过？高堂因果，这般的不发慈悲。做成了恨事千个，害了姐我。

（旦）官人多情，反倒教小女难为情了。

【捣练子】相见晚，别离多，深院幽幽挂紫萝。长夜难熬人不寐，良宵美景会银河。

翠娟，咱们进去。（旦见生施礼介）多蒙官人惜爱，如此盛情，小女实不敢当。（生）多谢小姐劳苦赏面。今日请小姐，一来叙小别之情，二来小生归期已近，特向小姐话别，诉一诉心儿之闷，还望小姐休要见笑。（旦叹介）看官人还是个有情有义的君子，只是未料到归期瞬时即到，才几日又要匆匆离别。真是良宵苦短，人生几何呵！（生）小姐说的是，小生心苦哩。不妨我俩今夜一醉方休，以解心中之愁。如何？（旦）小女随从尊便就是。（生）书僮，将酒来。（丑酌酒介）请小姐饮此一杯。（旦）官人所赐，小女不敢辞。（饮介）（生）书僮，你也别冷著。给翠娟姐姐酌一杯。（丑）是。（酌酒介）翠娟姐姐，请。（帖）多谢小相公。（暗笑介）（旦叹介）一双情侣会遗亭，一樽酒罢听离音。仰天长叹伤怀事，低头泪下诉衷情。（生）看小姐这般长吁短叹。似与小生一般愁苦。

【玉俱善】你看她貌儿俏才艺多，别一个怎不敬慕。笔能诗书，口能莺歌，琴音幽，舞娑婆，青春散满帘幕。贤比皇后长孙，殷勤呵正礼，钦敬呵当合。[1]

【新水吟】恰才向燕楼闺房押丝罗[2]，而今又遗爱湖亭废婚约，这绝情话儿又该说甚么。若不是老爷作恶，这会，犹压著绣衾卧[3]。

---

[1] 当合：应该。

[2] 恰才向燕楼闺房押丝罗：燕楼即呼文如所居之楼；押了丝罗，即定了婚约。

[3] 犹压著绣衾卧：出自柳永《定风波》，词意：“日上花梢，莺穿柳带，犹压香衾卧。”

（丑叹介）觑那姐姐这个脸儿，吹弹得破，老爷若不阻拦，就是官人的福气，谁料这个福被老爷减了三分。（生）这般苦呵，连书僮也看出来了。

【幺篇】没查没利心明科[1]，道得我肚似五味杂陈[2]添苦药。

（丑）那姐姐天生一个夫人样儿。（生叹介）苦煞我也！

你休再多言，明知有伤又著盐抹。怎我命福是如何，我做一个丈夫也做得过。

（丑）往常两个都喜，今则一忧一喜也。（生）小姐还不知缘故，我若一说，她比我伤心十倍。

【乔木查】我愁苦为她，她相思为我。从今后两人是分还是合？鸳鸯成对才鸳鸯，俺高堂也好心多。

（帖）你家官人与俺家小姐结亲呵，怎生不做大筵席会亲戚朋友，西陵名门，丘氏望族，不风风光光办大喜事，安排小酌为何？（生）翠娟姐姐，你不知我家老爷意！

【搅筝琶】我不是小气货，有苦衷难说破。据著俸禄家赀，也消得风光过活。费了其一股那[3]，不张扬自有始末[4]。休怪，省人情的姐姐别虑过。总有一天会热闹张罗。

---

[1] 没查没利：无定准、无准绳，信口胡说之意。闵遇五曰："没查方言，无准绳也。"倭科：闵遇五曰："古注：倭科，犹云小辈。宋时办者曰倭科。"所谓干办，即聪明干练之意，参见下文"喽啰"注。《元曲释词》云："以上都是认定'倭科'连读。实则不然，因北人骂娼妓为科子，'谎倭科'句法，正与'棘针科'同。明张萱《疑耀》卷三：'今京师勾阑中诨语，谓给人者为黄六，乃指黄巢兄弟六人，巢居第六而多诈，故目诈骗者为黄六也。'清翟灏《通俗编》谓市语虚奉承为'王六'。南音王、黄不分，北语呼'六'作'溜'；'倭''溜'声之弇侈。今鲁人犹谓撒谎曰说溜，意亦'黄六'之遗意。故'谎倭科'，盖即撒谎说溜、假意奉承的小科子也。"可备一说。

[2] 五味杂陈：即内心有难言的滋味。

[3] 一股那：即张罗、办筵席。

[4] 始末：缘由。

小生一言难尽。（做酒杯碰倒介）

【庆宣和】樽儿倒，酒儿泼，这则是心焦忒过。搅得我心神不宁，谁想那识空便的灵心儿早瞧破，苦得我失措，失措[1]。

（旦用手扶起酒杯，一脸茫然介）（生）书僮，给小姐再酌酒。（旦，面对观众）呀，声息不好了也！（生）这言却教我如何说。（帖）看起来要变卦了，这相思病恐怕自此就缠身也呵！（生叹介）这局面怎么收场也呵？

【雁儿落】千般错万般错，该死的高堂豁[2]，若抗命将惹大祸，虚以委蛇暂安和[3]！

【皂罗袍】可怜一场空乐，恨愁苦成垛，这般命薄。泪痕远比酒痕多，心病更比身病过。（叹介）老爷生恶，小生受磨。千金姐姐依然爱慕，风流哥哥怎负闺阁。

（生）书僮酌热酒，与姐姐盛者。

【甜水令】我这里脖颈低垂，愁眉一垛[4]，伤心落泪。俺可甚"相见话偏多"[5]，星眼朦胧，檀口笨角，攧窨[6]不过。这场面儿畅好是悲合[7]。

（丑酌酒介）（旦）贱人量窄。（生）书僮，接了台盏[8]者。

---

[1] 失措：不知所措。

[2] 豁：割开、分开。

[3] 应和：应付。

[4] 一垛：一堆。

[5] 相见话偏多：当时成语，这里是说反语，无话可说之意。

[6] 攧窨（dié yìn 迭印）：王伯良曰："攧，顿足也；窨，怨闷而忍气也。盖失意之甚，攧弄其足，而窨气自忍之谓。董词：'攧顿金莲，搓损葱枝手。'又：'吞声窨气埋怨。'可证。"

[7] 悲合：即悲苦，难堪。

[8] 台盏：即酒杯。

【折桂令】她其实咽不下玉液金波[1]。元承望鸳鸯倒凤，变成了梦里南柯。泪眼偷淹，苦水往肚内吞没。她那里脸白瘫软做成一垛；我这里手难抬起脚难挪。病染沉疴[2]，断难成活。则被爹送了人儿，做成了坟墓。

小姐，把一盏者。（丑与生介）（丑）官人，这烦恼怎生是好？（生）苦死也！

【月上海棠】而今愁情犹撑可[3]，往后思量怎奈何？恨不得私奔，又怎么能逃脱？咫尺间，成牛郎织女河[4]。

【幺篇】一杯闷酒和泪喝，低头无语自折磨。愁中量儿小，一滴犹把人搁[5]，只因我，姐姐泪水滂沱。

翠娟姐姐，扶你家小姐回房里去者。（旦辞别介）（生）我家父真是陈腐透顶也呵！

【乔牌儿】老糊涂呆板儿硬定夺，颜面儿瞧不破；说甚么官家人家官样过，那管别人的死活。

---

[1] 玉液金波：均指美酒。白居易《效陶潜体》诗：“开瓶泻尊中，玉液黄金卮。”高文秀《好酒赵元遇上皇》第一折：“你叫我断了金波绿醑，却不等闲的虚度时光？”

[2] 沉疴（kē）：重病。《说文》：“疴，病也。”

[3] 撑可：支持。

[4] 牛郎织女：牛郎织女为中国古代著名的汉族民间爱情故事，从牵牛星、织女星的星名衍化而来。主要讲述了牛郎是牛家庄的一个孤儿，依靠哥嫂过活。嫂子为人刻薄，经常虐待他，他被迫分家出来，靠一头老牛自耕自食。这头老牛很通灵性，有一天，织女和诸仙女下凡嬉戏，在河里洗澡，老牛劝牛郎去见，后来他们很谈得来，明白了各自的难处，织女便做了牛郎的妻子。婚后，他们男耕女织，生了一儿一女，生活十分美满幸福。不料天帝查知此事，派王母娘娘押解织女回天庭受审。老牛不忍他们妻离子散，于是触断头上的角，变成一只小船，让牛郎挑着儿女乘船追赶。眼看就要追上织女了，王母娘娘忽然拔下头上的金钗，在天空画出了一条波涛滚滚的银河。牛郎无法过河，只能在河边与织女遥望对泣。他们坚贞的爱情感动了喜鹊，无数喜鹊飞来，用身体搭成一道跨越天河的彩桥，让牛郎织女在天河上相会。玉帝无奈，只好允许牛郎织女每年七月七日在鹊桥上会面一次，喜鹊也会在身边。以后每年的七月七日牛郎织女都会见面了。河：即银河。

[5] 搁：即灌醉。

【江儿水】自古佳人多命薄，才子多懦弱。经不起风吹与浪打，受不住责骂与折磨，那下场自然是无自我。

【殿前欢】恰才[1]博得个一日风流笑呵呵，都做了泪水倾盆满江河。若那小姐只是红颜命薄[2]，俺自知分寸掌握恰到可。他不想结姻缘想甚么？到如今难捉莫。老高堂心高气傲大，当日功名成也是恁这个父亲，今日婚姻挫也是恁这个萧何[3]！

【离亭宴带歇拍煞[4]】从今后忧愁寂寞长伴我，伤情难销泪成沱，这相思何时是可？昏澄澄黑海来深，白茫茫陆地来厚，碧悠悠青天来阔，大别山般高仰望，东洋海般深思竭。毒害的恁么[5]？老爹呵，将颤巍巍双头花蕊搓[6]，香馥馥同心缕带[7]割。长搀搀

[1] 恰才：刚刚。

[2] 红颜命薄：是说女子一旦漂流了，命运总是多坎坷。

[3] 萧何（前257—前193）：汉族，沛丰人，早年任秦沛县县吏，秦末辅佐刘邦起义。攻克咸阳后，他接收了秦丞相、御史府所藏的律令、图书，掌握了全国的山川险要、郡县户口，对日后制定政策和取得楚汉战争胜利起了重要作用。楚汉战争时，他留守关中，使关中成为汉军的巩固后方，不断地输送士卒粮饷支援作战，对刘邦战胜项羽，建立汉代起了重要作用。萧何采摭秦六法，重新制定律令制度，作为《九章律》。在法律思想上，主张无为，喜好黄老之术。汉十一年（前196）又协助刘邦消灭韩信、英布等异姓诸侯王。刘邦死后，他辅佐汉惠帝。惠帝二年（前19）七月辛未去世，谥号“文终侯”。本剧中代指丘梁。

[4] 离亭宴带歇拍煞：出自王实甫《西厢记》第二本第三折，此处根据剧情略做更改。

[5] 恁么：如此，这样。宋释道原《景德传灯录·鸟窠道林禅师》：“三岁孩儿也解恁么道。”（卷四）

[6] 双头花：即并蒂花，同一枝干，并开两花。五代王仁裕《开元天遗事·开元·花妖》：“初有木芍药，值于沉香亭前。其花一日忽开一枝两花，朝则深红，午则深碧，暮则深黄，夜则粉白，昼夜之内，香艳各异。”后以双头花比喻夫妻或恋人。搓：《广韵》：“搓，手搓碎也。”

[7] 同心缕带：即同心结。旧时男女以锦带制成菱形连环回文祥式的结子，表恩爱同心之意。《玉台新咏》梁武帝萧衍《有所思》：“腰中双绮带，梦为同心结。”宋时衍为牵巾。孟元老《东京梦华录·娶妇》：“婿于床前请新妇出，二家各出彩段绾一同心，谓之牵巾，男挂于笏，女搭于手，男倒行出，面皆相向，至家庙前，参拜毕，女复道行，扶入房讲拜。”

连理琼枝[1]挫，白头爹不负荷，青春儿成耽搁。将俺那锦片也似前程撕破，俺爹用棍棒儿赶走了她，虚名儿误赚了我。

（旦怨介）官人跟前，贱人有一句话，不知当问不当问。（生）但讲无妨。（旦）当初在舞厅，小女弹琴，官人赋诗于我，分明是有意投桃，当时我并未报之以李，人非草木，小女岂能不知。想必官人是一时之兴趣，小女并未曾理会，虽说贱人命薄，落入青楼，但小女从来只卖艺不卖身，也非一般风尘女子，并非轻薄之人。官人后又邀约小女到湖亭赏月，互诉衷情，私定终身，小女以身相许，托付于官人。才听官人之言，似有推脱之意，今日官人设宴相邀，原以为要议定成亲之期，不知甚么缘故，官人让小女与官人兄妹相称，小女并非为吃酒而来，如果事有变故，小女当即告辞。（生）小姐确有倾国倾城之貌，贤惠善良之德，怎奈家父陈腐冥顽不化，讲究婚姻门当户对，我两次三番苦苦相争，而他执意不肯。我绝非无义之人，岂为功名而负小姐。（旦）恕小女斗胆直言，既如此，官人当初又为何作出承诺？（生）我对小姐确实一见钟情，总以为自家已近而立之年，尚可作主，未曾想家父如此不通世故、不近人情。我已想好了，我两暂以兄妹相称，日后再作打算。对天发誓，我丘生今生今世爱你无二。（旦）既然老爷不愿你娶我为妻，官人又何出此言！难道官人没有听说过："书中自有颜如玉"的话，小女有一诗赠官人，以终前诺："人间自是语便便，不是春风不肯怜。为寄一声何满子，相思今日尽君前。"[2]就此告辞。（帖）官人请回，俺家小姐多喝了几杯，暂且回房歇息。明日俺还有话说。（帖扶住站不稳的旦介）（旦）看起来，我是生就了在风尘中度过的命，而没有进洞房的福气也呵！（帖）小姐已经醉了，既然量小，刚才为何不少喝一杯？（旦）我那里是喝醉了！（下）（生突然跪倒在帖面前介）小生因思念小姐，昼则忘餐，夜则忘寝，失魂落魄，形神两损，常忽忽若有所失，

[1] 长搀搀：犹长长的。搀搀：长貌。琼枝：本指传说中的玉树。《艺文类聚》卷九引《庄子》："南方有鸟，其名为凤，所居积石千里天为生食，其树名琼枝，高百仞，以缪琳琅玕为实。"连理琼枝：喻婚姻爱情的珍贵美好。

[2] "人间"四句：出自《亘史钞·遥集编》，呼文如作。

又郁郁不得所乐。自宴席间一见，月下吟诗，真是享了无限欢乐。原以为能在今日与小姐商定婚期，却不料家父从中作梗，使小生如雷轰顶，这简直要了小生的命了。即使我不死，这苦苦的思念又何时是个尽头。请小娘子无论如何可怜小生，将我的思念、将我的情意转告小姐，使小姐知我心。事至今日，非小生本意，我对小姐一往情深，痴心不改，不然，小生就在小娘子面前解下腰带、寻个自尽！只可怜我苦读诗书十年，为官十载，今日里却做了背井离乡之鬼！（帖）街上柴禾贱得很，俺买几捆来烧你这个傻瓜。亏你还是个官人，怎么这点事儿没见过，遇到这点挫折就束手无策，就想死了！（生）依小娘子说，我该怎么办？我方寸已乱，头脑空空，还请小娘子救我！（帖）你先不要慌，也不要急，待俺想个法子。（生）小娘子有何妙计，小生愿拜小娘子为师！（帖）俺见官人随行带着玉箫，想来官人必善吹曲，俺家小姐也爱音乐。今晚俺同小姐到你下榻客栈附近闲散解闷，你听到俺的咳嗽声，就吹起箫来，且看俺家小姐听到后有何反应，说甚么话来。俺再伺机把官人的意思转达于她，看她的态度如何，明日俺向官人回报。（生）小娘子如此，事就有转机了，请受小生一拜！（帖）你先不要过早高兴，谁知俺家小姐会怎样。时间不早了，怕小姐唤俺，俺得赶早回去了，官人也回房歇息吧。（生）那我就把箫准备好，只待小娘子的咳嗽声。（并下）

长门当日叹浮沉，一赋翻令帝宠深。
岂是黄金能买客？相如曾见白头吟。[1]

[1] “长门”四句：出自《亘史钞·遥集编》，呼文如作。

第十三出

【如梦令】（生上）猎猎赤壁晴蓼，瑟瑟小窗风竹。午坐倦抛书，梦绕巫山六六。睡熟、睡熟，痴雨娇云相逐。[1]

“孤灯半减愁云数，河外清蟾凉叩户。闲庭露草乱日令，似共人离分泣语，玉楼杳隔湘江浦，黝黝离魂寻得去，夜半沉钟落远声，短枕惊回忘去路。”[2]翠娟之言，深有意趣。这般著，小娘子有意咱来。天色晚也，月儿，你早些出来也么！难道你不懂小生心意儿？（做理箫介）箫呀，小生与足下相随数年，今夜这事成功与否，都在你这神品上了。天呀，你来阵微风吧，将小生的箫声吹入俺那小姐玉琢成，粉捏就的知音者耳朵里去吧，你可不要辜负了小生呀！老爹无情，小生有意，这情思儿怎么能说断就断呢？过会儿小姐出来，小生借一阵风，将箫音传送给仍在生气，深知俺心的玉人。

【金蕉叶】（旦引帖上）妾愁君愁，正摇落[3]雁飞时候。（整妆介）红颜易老不中留，未分明[4]的名楣伤透。

（帖）姐姐，咱们出去闲散闲散吧，今晚真是一轮明月呀！（旦）事已无成，何有心志闲散。月儿呀，你倒是圆的，小女的梦却破碎了，你教

---

[1] 如梦令：出自《亘史钞·青楼黄绢》，无名氏作。

[2] “孤灯半减”八句：出自《亘史钞·青楼黄绢·木兰花令·夜坐》，无名氏作。

[3] 摇落：花谢凋零。

[4] 未分明：指尚未正式成为夫妻。唐杜甫《新婚别》：“妾身未分明，何以见姑嫜。”

俺以后怎生也呵。

【尾犯序】[1]两意似绸缪，待要回头，觉难开口，梦绕琵琶，怨彻箜篌孱愁，哄杀人山盟海誓，牵杀人寻花问柳，睁睁底，怎忍半途抛却，只愁覆水难收。

【紫花儿序】只落得梦儿里相逢，口儿里闲谈，则索的心儿里愁重。那官人昨日言不由衷，我则似怎生天劈雷轰。朦胧[2]，可教我殷勤献尽一场空，却不道离人恨重？他做了影儿里情郎，我做了画儿里爱宠。

（帖）姐姐，你看月上有晕，说不定明天要刮风了。（旦叹介）行云偏夜夜，不往梦中飞。

【小桃红】人间看破：早知这般的有始无终，又何必搬弄。到如今似嫦娥西设东生与谁共？怨天公[3]，凡人不作仙人[4]梦。这云似我罗帏[5]数重，只恐怕嫦娥奔月[6]，也难回高悬广寒宫[7]。

（帖做咳嗽介）（生）小姐来了！（做试箫介）（旦）这是甚么声音？（帖）甚么声音，我怎么没听见？（旦）你乍这不听事也呵。

---

[1] 尾犯序：出自《亘史钞·青楼黄绢》，无名氏作。

[2] 朦胧：犹言糊涂。关汉卿《钱大尹智宠谢天香》第四折：“倒不如只做朦胧，为着东君，奉劝金瓯。”

[3] 天公：原作“天宫”，据闵遇五、毛西河本改。毛西河曰：“元词每称天为天公，如‘天公肯与人方便’类。俗作‘天宫’，谓自怨于天宫，不通。”

[4] 仙人：神话和童话中指神通广大，长生不老的人。

[5] 罗帏：罗帐。

[6] 嫦娥奔月：中国上古时代神话传说故事，讲述了嫦娥吃下了西王母赐给丈夫后羿的两粒不死之药后飞到了月宫的事情。

[7] 广寒宫：是古代汉族神话传说中位于月球的宫殿，月球的居民有太阴星君、月神、月光娘娘、吴刚、嫦娥、玉兔。月宫也称蟾宫，后人将嫦娥奔月后所居住的屋舍命名为广寒宫。每当夜幕降临，一轮明月升上夜空，清澈的月光洒满大地，让人产生无数情思遐想。自古以来有玉兔和嫦娥的传说故事。

【天净沙】莫不是清音儿礲髻玲珑[1]？莫不是仙乐儿飞出天穹？莫不是高山儿泉水玎冬[2]？莫不是千军冲锋？那音儿哀哀委婉有轻重。

【调笑令】莫不是风拂柳，凰戏凤？莫不是松涛怒吼箫箫中？莫不是情人诉语声相送？莫不是离人怨恨泣泪中？潜心再听在客栈东，元来是那冤业[3]也在诉苦衷。

【秃厮儿】这低音，如悲如泣低吟吟，这中音，如申如诉水溶溶，这壮音，如怨如恨马嘶鸣，这高音，如怒吼，雷鸣中，隆隆。

【圣药王】他那里声哀哀，我这里泪涌涌，孤零零拆散雌雄。他曲未终，我意转浓，争奈劳燕分飞[4]各西东，尽在不言中。

让我走近点好好听听。（帖）姐姐，你在这里听。俺去前面瞧瞧有色男没有。（走到一边看有没有人来介）（生）窗外好象有人，一定是小姐，看来她还思念著我，我将这箫准备好，再吹一曲，同时唱一首歌，就叫《高山流水》[5]。当初伯牙就靠弹琴，找到了知音钟子期。我虽不及伯牙，但愿小姐有钟子期之意。（歌曰）“凤有来兮，尔呼逑兮，凰有友兮，江之州；凤有凰兮，谁为俦！嗟乎，凤兮我心仇。”[6]（旦）真是弹得好唱得也好，我听出词中似有“尔呼逑”，这不是逑我之意也呵，看来官人并非绝情。他这一曲，其词哀婉，其意殷切，凄凄然如猿长啸，如鹤长鸣，我文如闻之，不觉泪下。正是：“莫问天台落日愁，桃花片片水悠悠。寒窗一闭秦箫月，惹得人呼燕子楼。”[7]

---

[1] 玲珑：《广雅·释诂四下》：“玲珑，玉声。”

[2] 玎冬（dīng dōng）：玉器撞击的声音。《说文》：“玎，玉声也。”

[3] 冤业：佛教用语，等于说罪过。这里是对心上人的爱称。即指丘谦之。

[4] 劳燕分飞：“劳”指伯劳鸟，“燕”指燕子，分飞是指一只往这边飞，一只往那边飞。比喻分开。出自《乐府诗集·东飞劳伯歌》：“东飞劳伯西飞燕，黄姑织女时相见。”

[5] 《高山流水》：汉族古琴曲，属于中国十大古曲之一。传说先秦的琴师伯牙一次在荒山野地弹琴，樵夫钟子期竟能领会这是 描绘“峨峨兮若泰山”和“洋洋兮若江河”。伯牙惊道：“善哉，子之心而与吾心同。”钟子期死后，伯牙痛失知音，摔琴绝弦，终身不弹，故有高山流水之曲。高山流水”比喻知己或知音，也比喻乐曲高妙。

[6] “凤有来兮”八句：出自《亘史钞·青楼黄绢》，无名氏作。

[7] “莫问”四句：出自《亘史钞·遥集编》，呼文如作。

【麻郎儿】昨日个他言不由衷，今日个我情意深浓。知音者芳心自懂，感怀者断肠悲痛[1]。

【幺篇】这一曲与《下里巴人》[2]不同。又不是《汉宫秋月》[3]，又不是《夕阳箫鼓》[4]，又不是《梅花三弄》[5]。

【络丝娘】一字字真情倾吐，一声声怨气恹恹[6]，别离恨愁，变做一弄[7]，官人呵，越教人不懂。

（旦）老爹且做恶事，官人，你别也说谎呵！

【东原乐】这确是那爹的古董，弄得我美梦成空。若由得我呵，巴不得明日就祈求效鸾凤。通判老眼昏花路途穷，我若能插翅儿高飞，赴保宁，直问那不通世故的老公公。

【绵搭絮】窗帘微空，烛光幽涌，都只有一个门儿相通，几步儿相拥，兀的似隔着云山几万重！到如今近在咫尺却难逢，便做道

[1] 断肠悲痛：《世说新语·黜兔》：“恒公入蜀，至三峡中，部伍中有得猿子者。其母缘岸哀号，行百余里不去，遂跳上船，至便即绝。破其腹中，肠皆寸寸断。公闻之怒，命黜其人。”故以“断肠”形容极度悲痛。

[2] 下里巴人：《下里巴人》原指战国时代楚国民间流行的一种歌曲，今用于比喻通俗的文学艺术。阳春白雪为其反面，比喻高深、不通俗的文学艺术。

[3] 汉宫秋月：《汉宫秋月》是中国名曲。原为崇明派琵琶曲，现流传有多种谱本，由一种乐器曲谱演变成不同谱本，且运用各自的艺术手段再创造，以塑造不同的音乐形象，这是民间器乐在流传中常见的情况。《汉宫秋月》现流传的演奏形式有二胡曲、琵琶曲、筝曲、江南丝竹等。主要表达的是古代宫女哀怨悲愁的情绪及一种无可奈何、寂寥清冷的生命意境。

[4] 夕阳箫鼓：《夕阳箫鼓》为古代汉族琵琶曲文曲中代表作品之一，也是中国十大古曲之一。此曲为琵琶曲中的大文套，由此曲改编的古筝曲名为《春江花月夜》，此曲最迟在十八世纪就流传在江南一带。作者佚名。

[5] 梅花三弄：《梅花三弄》是中国古曲。又名《梅花引》、《玉妃引》。曲谱最早见于明代《神奇秘谱》。谱中解题称晋代桓伊曾为王徽之在笛上“为梅花三弄之调。后人以琴为三弄焉”。此说源于《晋书·列传第五十一》，但未写明是以梅花为题材。

[6] 恹恹：形容因患病而精神疲乏。

[7] 变做一弄：即一曲。

十二巫峰[1]。他也曾赋高唐做梦中。

（帖）姐姐，夜深了，小心著凉，咱们回去吧。（旦）今夜明月风清，何不再待一会儿也呵！

【尾犯序】[2]也空劳名占青楼，也须知魂断黄州。欲绾同心，事成掣肘。凄楚，叹不尽红颜薄命，许不尽白头共守。丘生的，把深情分隔，都快送我终。

【竹枝词】[3]空翠江千百尺楼，芙蓉片片晓春柔。愿谁唤醒游人梦，花亦有心蝶狂愁。

（帖）姐姐只管听琴怎么的！那官人叫俺带话给姐姐，既然事儿已经如此，他再住在这里也没意思了，所以赶明儿他就要赴潮州了。（旦）翠娟，我的好妹妹，老爷无情，他却有意，无论如何，留他再在这里住几时日。（帖）那俺总得说留他的由儿呵。俺说甚么呢？（旦）你去就这样说：

【尾】则说道保宁通判瞎唧哝，不是西陵官人来变通。不睬那口不应的狠毒爹，我怎肯别离了志诚种。

（帖）就说这些？

【络丝娘煞尾】不争惹恨牵情老昏，少不得味口全无病症。

呼文如爱恨缠绵，丘谦之藕断丝连。

小翠娟略施小计，大官人再续情缘。

---

[1] 十二巫峰：传说巫山有十二峰。宋人祝穆《方舆胜览》："十二峰曰：望霞、翠屏、朝云、松峦、集仙、聚鹤、净坛、上升、起云、飞凤、登龙、圣泉。"（《茶香室丛钞》所载与此不同）

[2] 尾犯序：出自《亘史钞·青楼黄娟》，无名氏作。作者根据剧情需要略做修改。

[3] "空翠江"四句：出自《亘史钞·青楼黄绢》，无名氏作。

第十四出

【三登乐】（旦引帖上）有路难投，偏则是无端设阻，眼见的生出春秋[1]。害情郎成病猴。奔前探望，一问症候[2]，一试心候[3]。

“晓床扶起意踟蹰，低道孤身寒也无。漫解春衫为郎著，此情争似武昌呼。”[4]自那日听箫之后，我天天茶饭不思，坐睡不宁，无精打采，没一点精神。又听说官人害了病，想必也是心病，都是那老爹害的。好生著急，我这里就打发翠娟去客栈探望，看他到底怎么样了，同时也试探一下他对我有何打算。翠娟，翠娟！（帖对观众介）姐姐唤俺，不知有何事，想是和那官人有关。这两个人呵，本是天生一对，都是那可恶爹作的孽。（见介）（旦）我身子这般不好，脚儿就象压上了太行山，沉的抬不起来，你怎么不陪伴左右？（帖对观众介）你准是想那官……。（旦）官什么？（帖）我正关心著姐姐，怕姐姐风凉，听姐姐吩咐哩。（旦）我有一件事央你去办。（帖）甚么事?（旦）听说那官人病了，你代我去探望来著，看他病得怎样，再听他有何话说，然后回话。（帖）俺不去，若是将来那老东西知道了，可不是要着玩的！（旦）我叫你一

---

[1] 春秋：本指时节或者年龄，也指前770至前476年中国各诸侯国争霸的时代。本剧中借指事端。

[2] 症候：由若干症状综合构成的。本剧中借指因相思引起的病。

[3] 心候：即心理打算。

[4] “晓床”四句：出自《亘史钞·青楼黄绢·竹枝词》，无名氏作。踟蹰：徘徊。武昌呼：即武昌呼文如，原稿为“李家楼”（李家楼：即丘谦之与呼文如相识相爱之后，在团风买一李姓楼房给呼娘居住），由作者根据本剧需要所改。

声好妹妹，给你拜两拜，（欲做跪拜介）你去给我走一遭。（帖）小姐快请起，（扶起介）翠娟可经受不起，俺去就是了。俺去就说："官人，你好生病重，只是俺家小姐近来也病的并不弱，不能亲自前来探望，著翠娟特来问安。"正是：只因官人多情种，引得小姐动闺心。

【赏花时】俺姐姐愁眉苦脸心事忧，梳扮容妆懒去修。爱恨堆眉头。若得灵犀一点，这病儿即刻可救。

俺这样说可好么？（旦）随你怎么说，只要把他的话听真切了。（帖）这个自然。（下）（旦）翠娟去了，且看他回来说甚么，再作主张。正是："双双蝴蝶万华丛，天气阴晴二月中。满径落红无客到，春风意味似秋风。"[1]

锦筝闲雁涩朱弦，宝镜雕鸾冷翠钿。

时序暗摧愁欲绝，岂容华发待流年。[2]

[1] "双双"二句：出自《亘史钞·青楼黄绢·花下》，无名氏作。

[2] "锦筝"四句：出自《亘史钞·青楼黄绢·竹枝词》，无名氏作。

第十五出

【意难忘】（生引丑上）（生）如呆如痴，叹情丝不断，更觉相思。（丑）你伤怀病难持，相思药医施。（生）书僮，俺强挣作[1]，软咍咍[2]，没精神又这般不支。（合）谁能知，这病呵，唯小姐开方，才可救治。

“回思往事怨蹉跎，复有新愁奈若何。清梦不缘神女苦，小词难得雪儿歌。隔窗雨逐流苏堕，落叶飞随翠簟多。若问此时留别意，双星七夕在银河。”[3]苦杀小生也，苦杀小生也！自那时分别后，吹箫也只听见小姐脚步声，再没有见她一面，想来小姐已是情断意绝了，不肯再见。我这就著书僮去对她们说我病重，看她有何话说，若知我心，不忘初情，就不会把我忘记了。若真生我气，不肯原谅，那也是我命中注定享不到小姐这个福缘。书僮，你去小姐处走一遭，就说我病重，看小姐有何话说，后回来说与我听。（丑）是，小的这就走一遭。（生）我这会儿又头昏脑胀，上床睡个懒觉，但愿做个梦，在梦中与小姐相会，好好温存一番，把我的心掏给她看，让她知道我对她是一往情深，痴心不改。（帖）奉小姐之命，到客栈去看望官人，俺想俺家小姐因其父浪迹荆州，不事稼穑，生活所迫，只得到青楼卖艺。自那日见了官人，没想到官人还是个有情有义的君子，原指望依著官人，小姐就能脱离苦海，俺

[1] 挣作：挣扎、抢作。

[2] 软咍咍：软绵绵。

[3] “回思”八句：出自《亘史钞·遥集编》，丘谦之作。

也跟著沾光，将来也嫁个好丈夫。唉，天有不测风云，那知那爹混账，好端端的一对儿，硬是给拆开了。但愿那官人还念当初之情，抗过他爹，成就好事。也不致俺家小姐枉来世间走一遭也呵！正是：武昌东下水茫茫，一日扁舟远自将。莫怪人疑桃叶渡，从来难得有心郎。[1]

【点绛唇】呼父浪迹[2]，稼穑不思[3]，因饥贫，妖娆双女[4]，将欲营妓死[5]。

【混江龙】谢官人有志，慧眼识娇起心思。一纸诗书显露，足见天地无私。[6]若不是不嫌不弃风尘女，那儿有亲哥亲姐两相知。谦之文如，并蒂雄雌；昏爹守旧，庸人陈词；将婚姻打灭，刁棍棒分之。如今喜事反成忧事。一个价糊突了前程锦绣[7]，一个价泪湿了脸上胭脂。

【油葫芦】憔悴赵郎[8]露银丝，李师娘不似旧时[9]。折磨得匀称人儿销减了腰肢。一个昏沉沉气丧方寸乱，一个意悬悬懒去拈针指[10]；一个箫儿上调弄出离恨曲，一个笺儿上吞吐成断肠诗；一个笔下诉闺

---

[1] “武昌”四句：出自《亘史钞·遥集编》，呼文如作。

[2] 浪迹：奔走。

[3] 稼穑不思：稼穑：农业劳动。不思：不想、不愿、不会。

[4] 双女：指呼氏姐妹，即文如、文淑。

[5] 营妓：据史料记载，呼文如当时在江夏军营做歌舞妓女。

[6] “谢官人”四句：王伯良曰：“词隐生（按，沈璟号）云：‘伸志’，言张生伸己之意志而拯救其危也；‘文章有用’，指兴师之书；‘天地无私’，言不容贼从之肆恶而亟殄灭之也，即下‘剪草除根’之意。”

[7] 前程锦绣：指胸中才学。织彩成文为锦，刺彩成文为绣，锦绣常用来比喻美好事物。此喻才学。李白《冬日于龙门送从弟令问之淮南序》：“兄心肝五脏皆锦绣耶？不然何开口成文、挥翰雾散？”

[8] 赵郎：即宋徽宗赵佶。宋朝的第八位皇帝，这位皇帝与当时名妓李师师有染，据史料记载，宋徽宗赏赐给李师师黄金、白银达万两。

[9] 李师娘（1102—1129）：即李师师，北宋末年青楼歌姬，东京（今河南省开封市）人。得到宋徽宗宠爱，擅歌舞，深谙诗词，与诸多文人墨客、达官贵人关系暧昧。事迹多见于野史、小说。小说《水浒传》对她有过描写。故而李师师成了美女才女的代称。

[10] 沉沉、悬悬：蔡琰《胡笳十八拍》：“身归国兮儿莫之随，心悬悬兮长如饥。”

怨，一个箫上传愁事：两个人一般儿害相思。

【金衣公子】[1]拉泪各东西，映河桥绿草萋。王孙归去迷征骑，那车儿马儿，那衾儿枕儿，梦魂行色想萦系，草云低。若逢驿使，为折陇头枝。

【前腔】[2]为折陇头枝，跟迢迢到也迟。一鞭意马江皋驿，入醉乡转悲，入愁乡自支，灯前笑语灯前泪，两心知。江楼倚棹，何日协风期。

【前腔】[3]何日协风期，揾香腮学画眉。从头诉尽心间事，向花丛举卮，向文房写诗，清歌妙舞春闺里，燕于飞。重寻旧垒，风絮惹香泥。

【前腔】[4]风絮惹香泥，艳阳天媚晴时。一帘丽日薰风气，歌残竹枝，情牵柳丝，相应红雨沾罗袂，断肠诗。鸾笺半刺，字字寄相思。

【皂罗袍】[5]早是雁儿天气，见露珠儿夺暑，点点侵衣。针儿七夕把肠刺，砧儿万户敲肝碎。门儿重掩，帐儿半垂，人儿不见，病儿怎支。书儿难写心儿事。

却早来到客栈前，我把唾沫儿润破窗纸，看官人在房内做甚么。

【村里迓鼓】我将这窗纸儿湿破，瞄洞儿觑视。他那里和衣倒睡，罗衫袖半搭腰肢。孤眠况味，半呆半痴，泪水涟涟，气色阻滞。听著他微弱气息，看了他消瘦面皮。官人呵，一日不见变了人样，整个儿快要闷死。

---

[1] 金衣公子：出自《亘史钞·青楼黄娟》，无名氏作。

[2] 前腔：出自《亘史钞·青楼黄娟》，无名氏作。

[3] 前腔：出自《亘史钞·青楼黄娟》，无名氏作。

[4] 前腔：出自《亘史钞·青楼黄娟》，无名氏作。

[5] 皂罗袍：出自《亘史钞·青楼黄娟》，呼文如作。

【元和令】金钗[1]敲扇儿。（生）谁呀？（帖）俺是个散相思的五瘟史[2]。俺小姐想著清风明月夜深沉，使翠娟来探视。

（生）既然翠娟姐姐来，小姐必有言语。

俺小姐至今梳妆未做粉未施，口儿念到有一万遍官人词。

（生）深谢小姐大度，不计前嫌，她既还有怜我之心，小生这里有一首短诗，烦请小娘子带给小姐。（帖）不知小姐受这般打击，心儿怎么想，

怕只怕小姐翻了面皮。

【上马娇】怕只怕她见了这诗，看了这词，引动春情费神思。

如若突然翻起面皮来，查得你的言语来，

且不责俺妮子怎敢胡行事！她可敢嗤，嗤的将纸笺儿粹粹撕。[3]

（生）翠娟姐姐只管把这诗给小姐好了，日后我定当重重谢姐姐。

（帖）官人这是甚么意思？俺是图这个来！

---

[1] 钗：妇女首饰，由两股合成，《释名•释首饰》：“钗，叉也，象叉之形因名之也。”白居易《长恨歌》：“唯将旧物表深情，钿合金钗寄将去。钗留一股合一扇，钗擘黄金合分钿。”

[2] 五瘟史：本指传播疾病的瘟神，又称五瘟神。《三教搜神大全》卷四：“‘昔隋文帝开皇十一年六月内，有五力士现于’，现于凌空三、五丈，于身披五色袍，各执一物。一人执杓子并罐子，一人执皮袋并剑，一人执扇，一人执锤，一人执火壶。帝曰：‘此何神？主何灾福也？’张居仁奏曰：‘此是五方力士，在天上为五鬼，在地为五瘟，名曰五瘟（神）。如现之者，主国民有瘟疫之疾，此天行时病也。’……是时帝乃立祠，于六月二十七日诏封五方力士为将军……后匡阜真人游至此祠，即牧五瘟神为部将也。”但红娘乃张生排遣相思者，而非传播者。张生之相思本已有之，故亦不靠红娘传播。此之“五瘟史”，盖指“氤氲使”。宋人陶谷《清异录•仙宗》云：“世人阴阳之契，有缱绻司总统，其长官号氤氲大使。诸凤缘冥数当合者，须鸳鸯牒下乃成。”吴伟业《秣陵春》第八出“仙媒”：“闻先生新掌了氤氲大使，主天下婚姻。”主婚姻成就，则相思自除。散者，遣散排除之谓，非散布之散。“五瘟史”，依律“五”当用仄声，故不得更为“氤氲使”。此句出自《西厢记》第三本第一折。

[3] “怕只怕”九句：出自《西厢记》第三本第一折，作者引用，小做改动。

【胜葫芦】哟，摆你个官人粗气玩意儿，卖弄你有家私[1]，俺岂图恁钱财铤而走险来到此？官人的金帛，与翠娟做赏赐，反觉俺爱你金赀？

【幺篇】你却是怎生狗眼瞧人低，不将俺当成恁知己。俺虽是个丫环有志气，金银财宝，有何稀奇！官人呵，求俺倒有个寻思余地。

（生）那就依了姐姐，可怜我孤苦伶仃，可怜我百般相思，把我这首诗带给小姐。（帖）这还差不多，你这就赶紧写，俺给你带去。（生挥笔疾书介）读信：谦之百拜小姐面前，自那日一见芳颜，音信全断。不胜凄凉。谁料家父大人，只守门规，不顾儿面，无情棒打散了鸳鸯，这使小生大感失望。以至今日只能遥望燕楼。依我心，恨不能插翅飞到小姐身边。思念成疾，日益加重，命将终休。幸喜翠娟至，奉寥寥数语，以表寸心。小姐若不计家父之嫌，谅小生之慢，有同情小生之意。即修书携来，小生之命或可有救。十分冒寐，乞求原谅，吟成五言一首，辑书信后，谨呈小姐。"忧愁恨转梦，相思绿倚琴。天公不作美，惆怅遂如今。离鸾坚莫操，惜别泪沾襟。酒消人欲绝，莫负月华明。"[2]（帖）这傻角不愧是读书人，你瞧他这聪明儿。

【后花庭】俺则道笺儿上草稿拟，未料他一挥毫不索思。先写下几句寒暖词，后题著五言八句诗。不多时，满纸锦绣字。叠成个同心方形结，忒聪明，似曹植，忒风流，似居士[3]？虽说是个玩意儿，小可的难到此。

【青哥儿】之所以"金石为开"，方信得"精诚所致"。

（生）此信就交给姐姐带给小姐，请姐姐一定在意。（帖）这你大可放心，俺知这贴儿的分量。

---

[1] 家私：家财，家产。《俗呼小录》："器用曰家生，又曰家私。"《通俗编·货财·家私》："杨瑀《山居新语》：'江西吕道山至元间分析家私作十四分。'"

[2] "忧愁"四句：出自《亘史钞·青楼黄绢》，无名氏作。

[3] 居士：指明代江南第一风流才子唐伯虎（1470—1523），又字子良，别号六如居士。

俺看他反复叮吟怕俺有失。放心波学士！既然应承，就当重之。对小姐自有说词。则说道："昨夜吹箫的那人儿，有教示。"

（帖）这信俺给你带过去，一定交给小姐手里，只是官人应以功名为重，切不可因儿女私情丧失了志气。

【寄生草】你不要只恋情痴，还准备日后功名居。休教那情书儿误了圣贤书。也休教那情丝儿缚住鲲鹏翅。切莫因相思儿夺了鸠鹄志，休为这销金帐中一佳人，误了你玉堂金马锦绣士[1]。

（生）请姐姐千万在意。（帖）放心，放心。

【煞尾】你看那沈约未老衰[2]，又象那宋玉[3]愁满思，消减了英俊样子。才两天瘦得尖嘴猴儿腮，这形状儿怎生藏之。休稔色，好自为之，莫让自个失志，

（生）小生知道，小生知道，姐姐这一说，我的病立马就减了大半。如果你家小姐不计家父言词，不计小生失礼，仍可怜我，我就会象初见时一样，容光焕发，英俊萧洒。（帖）原来是害相思病才这般的，这都是那老东西作的恶。

凭着俺这张三寸不烂之舌，更兼有封皮中这张纸，便能销抹心里愁思，管教那人儿来惺惺相惜自。（下）

---

[1] 玉堂金马锦绣士：比喻才华出众的人。宋王辟之《渑水燕谈录·高逸》欧阳文忠公、赵少师、吕学士同燕集，文忠公亲作口号云："金马玉堂三学士，清风明月两闲人。"金马：汉代宫门名。《史记·滑稽列传》："金马门者，宦署门也。门傍有铜马，故谓之曰金马之门。"旧以身历玉堂金马为仕宦得意，《汉书·扬雄传下》："今子幸得遭明盛之世，初不讳之朝，与群贤同行，历金门上玉堂有日矣。"颜师古注引应劭曰："金门，金马门也。"

[2] 沈约：《南史·沈约传》："初，约久处端揆，有志台司，论者咸谓为宜。而帝终不用，乃求外出，又不许见。与徐勉素善，遂以书陈情于勉，言已老病：'百日数旬，革带常应移孔；以手握臂，率计月小半分。'欲谢事，求归老秩。"此句比喻像沈约一样多病。

[3] 宋玉：战国文学家，他所写的《九辩》多悲愁之语："独悲愁其伤人兮，冯（按，凭，愤懑）郁郁其何极！"后人言悲秋、愁多，多以宋玉为喻。

（生）翠娟将我的帖和诗拿去了，不是我自夸，那首五言诗暗藏著再幽会的意儿，小姐是极聪明的人，若看了，必心领神会。我且放下心来，暂且瞒过家父，等明日翠娟回过佳音，再作计较。正是："去去幽仍恋，来朝酒重携。"[1]（下）

青青柳色自章台，人倚衡门半草莱。
别后琴尊终日废，望中环佩几时来。[2]

[1] "去去"两句：出自《亘史钞·青楼黄绢》，无名氏作。
[2] "青青"四句：出自《亘史钞·青楼黄绢》，无名氏作。

第十六出

【山坡羊】（旦上）没乱里[1]心事难遣，蓦地里[2]教人生怨。说甚么风尘女贱，拣名门一例，一例是西陵谦[3]。甚良缘，偏又把青春抛闪。俺的痴情谁见？俺的苦楚怎言？想幽梦无边，和春光暗流转。真难，这伤怀那处坦。淹煎[4]，泼残生，除问天。

“投笺牵衣湿未干，挑灯历历话辛酸。郎心亦自怜红拂，敢作寻常女侠看。”[5]翠娟这么晚还不回话，一定是官人病得利害担搁了。今天我起得早了些，现时困顿人感疲乏，我再略躺一会儿，等翠娟回来。（帖上）奉小姐之命去看官人，官人那个可怜样儿，就多安慰了几句，这会子小姐一定等得心焦，俺得加快步儿赶回去。哟，怎么没有声音，怕是又睡哩，俺进去瞧瞧。

【粉蝶儿】悄近窗前，粉兰香纱窗弥散[6]，嫩娇娘绣床微眠。云鬓乱，泪未干，轻轻闭眼。微开帐幔，伤心地自个儿梦语痴言。

【醉春风】则见她没神儿横斜，悄脸儿少颜。日头高照不明眸，

[1] 没乱里：形容心绪烦乱。

[2] 蓦地里：突然地，猛然地。

[3] 西陵谦：即西陵县丘谦之。

[4] 淹煎：受煎熬。

[5] “投笺”四句：出自《亘史钞·遥集编》，明代常州陈猷夫作。

[6] “悄近”二句：弥散，香飘。金圣叹《第六才子书》云：“帘内是窗，窗外是帘。有风则下帘，无香则开窗。今因无风，故不下帘；却因有香，故不开窗。只十一字，写女儿深闺便如图画。”

真个是懒、懒。

（旦叹介）（帖）怎生这般样子？

伸个懒腰，半响抬身，一声长叹。

俺若有心将官人的信直接给小姐，又怕她口非心是，故作卖弄，俺只将这信悄悄儿放在她的梳妆台上，看她见了说些甚么。（旦照镜见信介）（帖）看她见了这信脸儿有喜色哩。

【普天乐】妆已残，云鬓亸，梳理了青丝，轻柔了粉面。将信笺儿拈，脸儿红泛，打开书儿轻轻念，反反复复不嫌心烦。

（旦怒介）翠娟！（帖做惊介）哟，坏事了也！

只见她柳眉儿皱的倒竖，忽的波杏眼儿圆翻，氲的呵脸色儿突变。

（旦）小贱人，你怎还不来！（帖上）翠娟来了多时了，见姐姐睡觉，不敢打扰。（旦）这东西是哪里来的？我虽不是大家闺秀，也是千金小姐。我著你去看那厮，那是怕他病出事来，他竟将这样的东西戏弄我，你也将这满嘴胡说的信儿带回，且不看我打断你的腿。（帖）小姐著俺去看他，他教俺带回了这个儿来，俺又不识字，哪里知道他里面写的是甚么？就算俺带错了，翠娟认罚，今后再不敢了。

【快活三】分明是你差遣，没来由把我埋怨；非是颠倒好为难。你心焦，俺意烦。

姐姐也不用生气，俺将信退给官人好了。官人问俺，俺就说姐姐烦著。（帖拿信走，旦拉住介）（旦）好妹妹，我逗你玩的，何必当真。（帖）放开手，让官人怎生说俺，俺都认了。（旦）官人这两天怎么样？（帖）俺不说。（旦）我叫你一声好妹妹，赶快说给我听。（帖）俺的姐姐呀！

【朝天子】腰消瘦，脸无颜，向新来罗衣宽。强挣微笑，无言自感；人憔悴实难看，不进茶饭。朝思暮想，望燕楼泪眼淹。

（旦）既病成这个样儿，得请个大夫给他瞧瞧[1]，吃几副药，莫把身子弄坏了。（帖）他的病吃药不济。

若要让他病除、愈痊，则除是你这个婵娟[2]给他多出几点风流汗。

（旦）翠娟，要不看你情面，我把这信交给他老爷，看他老爷不打他个半死，还敢不敢赖在这儿住下去。虽说我是个青楼女子，但青楼女也并非个个风尘。我岂能为这个薄义之人而牵肠挂肚？翠娟，我知道你机灵，若是让官人看出我的心思，岂不显得我轻薄。（帖对观众介）你当俺看不出来呀！明明是你把那个饿鬼弄得死去活来的，现在却装出一个假正经的样儿。

【四边静】说甚么怕人话闲，说甚么怕那饿鬼死纠缠，你俺何安？明摆著你设圈套儿，甜言，来试探，你在后偷看。

（旦云）拿过纸笔来，我有几句话要写给他，你再给我送去，叫他随了他爹的愿，以后休得这般，藕断丝不断，这算甚么！（帖取文房四宝介）（旦写信，写完起身介）翠娟，你拿著这个去对他说，小姐看望官人，不过是以朋友相待，并非有甚么其他奢望。小姐婢微，门不当户不对，不敢高攀，他要再这般，休怪小姐翻脸。（旦掷下书，下）（帖对观众介）又来了，假正经。

【脱布衫】俺小姐口吐虚言，一抹的[3]将真心遮掩。费这般假神儿，何不将那俊才[4]贪占。将好事儿做个双全。

[1] 大夫：大夫，多义词。大（dài）夫，现代指医生。大（dà）夫，古代官名。西周以后先秦诸侯国中，在国君之下有卿、大夫、士三级。此处指医生意思。

[2] 婵娟：意思有三：形容姿态曼妙优雅；美女，美人；女学人物的名字。本剧中指呼文如。

[3] 一抹的：一迷地，一味地，一个劲地。《清平山堂话本•快嘴李翠莲记》：“不问青红与皂白，一迷将奴胡厮闹。”

[4] 俊才：指才智卓越的人。本剧中指丘谦之。

（帖从地上捡信介）

【小梁州】那官人梦里成双觉后单，心儿牵绊。非是他意错成冤，甚可怜，几行泪成串。

【幺篇】似这等今日明朝盼无限，又何不天姻地缘一世牢栓，则愿你两双情手紧牵。俺怎忍心旁观不管，做一个缝了口的撮合山[1]。

俺若不去，小姐会说俺违抗她，再说那官人还等著俺的回话。再走一遭来。（下）（生）那帖儿叫翠娟带给小姐，现在还未回话。不过，俺这帖儿传过去，必定成事。说不定翠娟一会儿就来的。我再耐著性儿等一会。（帖）俺又来到客栈，他两个人儿，一东一西，著俺象梭子似的来回奔走。小姐也真是的，既然你心里还想著官人，又何必惧怕那个老东西，装出一副怯怯模样！

【石榴花】俺小姐面似羞怯行大胆，犹自情浪漫[2]；那一夜听琴弹更深不思返。俺刚回避，她急趋前，几乎要往官人怀里钻。那时何曾顾胡颜[3]？还不是想不酸不醋风流汉，险些儿小姐脸变做婆娘面。

【斗鹌鹑】你工于心计巧妙周旋，俺甘心情愿传书担险。你不该半吞

---

[1] 撮合山：媒人。《通俗编·交际·撮合山》：“《元曲选》马致远《陈抟高卧》、乔孟符《扬州梦》、郑德辉《㑳梅香》，俱用此语，俚语以为媒之别称。”陈继儒云：“撮合山，一山名敖山，自南而北，一山名返山，自北而南，誓不相合。后有一仙人和合，劝之相连，以比今之媒人通合。”不知何据，录以备考。《京本通俗小说·西山一窟鬼》：“元来那婆子是个撮合山，专靠做媒为生。”整办：指红娘言，文意自明。凌濛初曰：“婚姻筵席媒人与焉，故戏言筵席间整备，做不漏泄的媒人。”王伯良谓指莺莺张生：“我只愿你安稳做了夫妻，向筵席头上打扮去做新人，我做了缝了口的媒人，决不漏泄此事也。”

[2] 浪漫：浪漫是指为所爱的人或物达到感动，开心等正面意义，并且能被记住一段时间或更久的一个人或者多人所做的行为或语言。称为浪漫。

[3] 胡颜：没脸、丢脸的意思。三国丁廙《蔡伯喈女赋》：“忍胡颜之重耻，恐终风之我痒。”

半吐[1]，俺不是半方半圆[2]。受艾焙[3]权时忍这番，后再休干！

那官人可直爽多了，对人彬彬有礼。俺姐姐心思却重，

在人前甜言蜜语，在没人处，总是想那官人，愁眉泪眼。

（帖与生见介）（生）翠娟姐姐终于来了。我还以为你不来了哩，我的救命菩萨，大事进行得如何了？（帖）没戏了，没戏了！官人你就死心了吧，别再痴心妄想了。（生）我那帖儿和那首诗，可以说是一副良药，包治百病，怎么没有效力，定是你没有用心，有意作难。（帖）呸，俺没用心，我作难，真是没有天理，没良心，你以为你那帖儿诗儿写得好哩！不过是痴人说梦。

【上小楼】怪只怪命运多难，却不是翠娟怠慢。说甚么那帖儿诗儿是上等药丸，却为何小姐看后杏眼圆翻，脸色更变。若不是看僧面，顾佛面[4]，轻饶难看。

官人你为此受罪，那是罪有应得。俺翠娟受气受累，又何辜？

险些儿把你娘坑惨。

【幺篇】从今后恁勿思，她勿念。人去楼空，孤雁南迁，云阴月暗。你也罢，俺也罢，请官人休讪[5]，早寻个树倒猴散。

你也再莫找俺倾诉你的肺腑之言了，俺也无能为力，你好自为之吧。想小姐又久等俺不耐烦，俺得早些回去了。（生）姐姐这一走，还有谁替

[1] 半吞半吐：不直截了当。

[2] 半方半园：指半圆形，本剧中指人不太聪明，俗话中的“半圈”。

[3] 艾：药用植物名，《诗经·王风·采葛》：“彼采艾兮，一日不见，如三岁兮。”毛亨传：“艾，所以疗疾。”艾焙（bèi）：点燃之艾绒卷。《本草·艾火》：“主治：灸百病，若灸诸风冷疾，入硫磺末少许尤良。”作动词用，则指用艾绒卷烤灸患者经穴。剧中为责备、训斥之意。

[4] 佛面：即不看僧面看佛面之意，比喻请看第三者情面宽恕或帮助某一个人。

[5] 休讪（shàn）：埋怨，毁谤。《礼记·少仪》：“为人臣下者，有谏而无讪。”孔颖达疏：“讪，为道说君之过恶及谤毁也。”

我分忧呢？姐姐务必想一个法儿，方可挽回这个局面，救我这一条性命儿。（生拉贴不放手介）（帖）官人是读书人，又聪明又绝顶，现在的事儿明摆着，难道你还瞧不破？

【满庭芳】俺劝你休再死活纠缠。只顾你恩情美满，却叫俺皮开肉绽[1]。你老爷狰狞面目寒剑悬，粗麻绳怎穿针眼？明知晓强扭瓜儿并不甜，又何必无辜送命头儿断。瞧你爹派来的差官，性子象撒盐入火，言词儿教人寒。

（生哭介）小生这一条性命全在你姐姐手里，姐姐能见死不救？！（帖）这可怎生是好！

翠娟禁不得泪儿心又软。好教俺应辞两下为难。

俺犯不著再跟你多费口舌，这里有一封小姐的回帖你自己瞧吧。（生接信读介）（生）有帖来，何不早说，害得我白哭一场。早知有这等好事，我当远远迎接，失礼，失礼！万望姐姐恕罪。好姐姐，你真是我的救命菩萨，还得千谢万谢你，请受小生一拜！瞧她帖上怎样说，准是好消息。你也一定喜欢。（帖）怎么，小姐不是骂你？（生）小姐骂我是假，爱我是真。这意思，是要我今晚在绣房私会，缔结良缘。（帖）她难道不怕老爷打断你俩的腿？俺不信，你念给俺听，是不是这般说的，怎见得她是要和你私会？（生）：这是一首五言诗："一水遥相望，寥寥奈此身。感时花近眼，独坐月窥人。今但梦中数，情于去后亲。勿轻忘旧好，忍负可托君"。"一水遥相望，寥寥奈此身。"是说我俩近在一水之间却只能孤身对望而不能相见，这是想我呢。"感时花近眼，独坐月窥人"。这是说她想我的时候独自坐在花下希望借著月光看到我。"今但梦中数，情于去后亲"。说的更明白，就是夜夜梦中梦梦都见到我，而这个梦源于我们自那日分开后对我更加思念。更有意思的最后两句"勿轻忘旧好，忍负可托君"，说她忘不了我，叫我今夜花园相会，

[1] 皮开肉绽：残酷拷打。

将终身托附于我。这不就是私会的暗号吗？（帖笑介）她教你去花园，然后你去干好事，真的是如你所说的这样么？（生）我是个猜诗迷的高手，其智慧敢和范蠡[1]，陆贾[2]比高低。我说的绝对不会错。（帖）好呀，俺的小姐，你在俺面前装得一本正经，却原来做出这等事来。

【耍孩儿】元来是恁春心动的倒颠，要心眼儿转关将俺瞒。小鸡肠[3]肚里打弯，忒聪明“女”字边“干”[4]。元来那诗儿里包藏著话深远，帖儿里隐埋著私会机关[5]。她著紧处将人慢。既然恁私会情中取乐，俺不妨忙里偷闲。

【四煞】这贴儿看似轻薄不简单，密语加甜言。行儿边湮透非春汗[6]？何曾想字里行间怀春意，毫挥纸显露缠绵。从今后休畏难，放心波官人学士，稳情取下凡天仙[7]。

---

[1] 范蠡（前536—前448年）：字少伯，华夏族，春秋时期楚国宛地三户（今河南淅川县滔河乡）人。春秋末著名的政治家、军事家、经济学家和道家学者。曾献策扶助越王勾践复国，后隐去。著《范蠡》二篇，今佚。

[2] 陆贾（约前240—前170年）：汉族，汉初楚国人，西汉思想家、政治家、外交家。陆贾是汉代第一位力倡儒学的思想家。

[3] 小鸡肠：即小肚鸡肠。指人的气量小。本剧中指个人小伎俩。

[4] “女”字边“干”（竿）：拆字格，“奸”字。

[5] 机关：周密计算。

[6] 春汗：形容春心骚动。

[7] 稳情取：准能得到、包管弄到。郑廷玉《看钱奴买冤家债主》第三折：“天开眼无轻放，天还报有灾殃，稳情取家破人亡！”

【三煞】莫怪婢把姐怨，好姐妹当次看[1]，更道是包拯[2]接了阴阳判。对官人一见含笑桃花面[3]，对翠娟一语不顺落叶残[4]。今日夜俺觑著看，看恁个离魂刘骜[5]，怎调拨嫩娘飞燕。

（生）小生是个书生，这湖水相隔，怎么过得去，还得请姐姐相助。

（帖）这倒难不倒你娘。

【二煞】湖水浅又静，船小浆儿短，轻轻摇桨保平安。恁既寻思偷吃禁果[6]，则有胆品新尝鲜。放心去，休畏难，望穿她盈盈秋水，蹙损了淡淡春山[7]。

（生）小生因老爷的事伤害了她，想她怒气冲天，今天去不知到底如何，小姐可要信守诺言，莫等我去了又变卦。（帖）这一次可不比往常。

---

[1] 当次看：未真心相待，见外之意。

[2] 包拯（999—1062）：字希仁，庐州合肥（今安徽合肥肥东）人，北宋名臣。天圣五年，包拯登进士第。累迁监察御史，曾建议练兵选将、充实边备。历任三司户部判官，京东、陕西、河北路转运使。入朝担任三司户部副使，请求朝廷准许解盐通商买卖。改知谏院，多次论劾权贵。授龙图阁直学士、河北都转运使，移知瀛、扬诸州，再召入朝，历权知开封府、权御史中丞、三司使等职。嘉祐六年，任枢密副使。因曾任天章阁待制、龙图阁直学士，故世称“包待制”、“包龙图”。嘉祐七年，包拯逝世，年六十四。追赠礼部尚书，谥号“孝肃”，后世称其为“包孝肃”。有《包孝肃公奏议》传世。包拯廉洁公正、立朝刚毅，不附权贵，铁面无私，且英明决断，敢于替百姓申不平，故有“包青天”及“包公”之名，京师有“关节不到，有阎罗包老”之语。后世将他奉为神明崇拜，认为他是文曲星转世，由于民间传其黑面形象，亦被称为“包青天”。

[3] 一见含笑桃花面：形容见到知己的人高兴的样子。

[4] 一语不顺落叶残：形容见到不顺眼的人就数落于他。

[5] 刘骜：汉成帝刘骜（前51—前7年），西汉第十二位皇帝，汉元帝刘奭与孝元皇后王政君所生的嫡子。汉成帝即位后，荒于酒色，外戚擅政，大政几乎全部为太后一族王氏掌握，为王莽篡汉埋下了祸根，各地相继爆发农民起义和铁官徒起义。汉成帝竟宁元年至绥和二年（前33—前7年）在位，终年44岁，共在位25年。谥号孝成皇帝，庙号统宗，葬于延陵。

[6] 禁果：即偷吃禁：未结婚就同房。

[7] 春山：比喻妇女美丽的眉毛。“望穿”二句出自宋阮阅[眼儿媚]词：“也因似旧，盈盈秋水，淡淡春山。”

【煞尾】你怕她怒未消又翻脸，俺敢道不食言。你那诗帖侃得她心灿，证果的是两山堆做一山[1]。

（生）今日这天怎么黑得这么慢，天呀天呀，你来无穷，去无穷，无限轮转，何必争这一日之长呢？早些黑吧！（抬头看天才中午介）再等一等吧，太阳呀，你今天怎么象生了根似的，这般难落下去呀。我要有射日的弓箭，也要把你射下去了。即便从此没有太阳，我也顾不得了。（焦急等待来回度步介）啊呀，谢天谢地，太阳总算落下去了。月儿也眼看要升起来了。四下里已经悄无声息了。我这里整理好衣冠，把鞋儿挣得干干净净，就等著船儿送我过去。

迎君不得奈君何，日日江头听棹歌。
忽道莫愁愁里至，翻令人笑鹊桥河。[2]

---

[1] 证果句：意谓让你成就好事的是这次的简帖。证：登、得到之意，《敦煌变文集·大目乾连冥间救母变文》有"汝虽位登圣果"、"证得阿罗汉果"、"先得阿罗汉果"语，是证与登、得义同。果：指所达到的层次品味。《五灯会元》卷一"东土师祖·六祖慧能大鉴禅师"："依吾行者，定证妙果。"本指苦心修行，即可得成佛菩萨等正果之位，这里取其成功、达到目的之意。

[2] "迎君"四句：出自《亘史钞·遥集编》，呼文如作。

第十七出

【看遍满】（帖上）婷婷玉立女娇娃[1]，楚楚臻臻太守家[2]。恨徘徊，愁苦比天大。伤情泪洒，又把一幅肝肠挂。

“天涯涕泪随芳草，江国音书滞折梅。蝶老花残悭会面，一春笑口向谁开。”[3]今日小姐叫俺送帖儿给官人，当著俺的面发那般火，原来帖里却暗约与那厮私幽。既然她不对俺直言，俺也装做不知，不说破，今夜和往常一样，只请她赏月。今晚她打扮的较平日特别，倒要看看她怎样瞒俺，又怎样自圆其说。（咳介）姐姐。月亮升起来了，好圆呀，咱们到花园赏月去。（旦上）“郎马无凭似蟢蛛，也有游丝在路途。侬心好似春蚕茧，镇日牵丝不出庐。”[4]良宵美景，此其时也！（帖）今夜月明风清，好一派景致呵！正是：“光满空山桂影寒，夜深独恋曲阑干。相逢只当寻常夜，不管离人不愿看。”[5]

【新水令】明月一轮碧空挂，寒风一丝透帘纱。庭院凝暮霭，窗

---

[1] 女娇娃：即呼文如。

[2] 太守家：即丘谦之。

[3] “天涯”四句：出自《亘史钞·青楼黄绢·草堂春起燕子乍飞》，无名氏作。

[4] “郎马”四句：出自《亘史钞·遥集编》，呼女如作。

[5] “光满”四句：出自《亘史钞·青楼黄绢·山中月》，无名氏作。

台恋残霞。[1]对镜妆罢，著意相驸马[2]。

【驻马听】冷露湿纱，嫩柳初醒吐新芽。自然幽雅，碧湖轻浪藏睡鸭。芙蓉竞比牡丹花，牵牛[3]抓住荼蘼[4]架。夜凉径滑，露珠儿混透了凌波袜[5]。

俺看官人和小姐巴不得天色早些黑哩。

【乔牌儿】自从那日初时想子瑕[6]，捱一刻似一夏。见柳梢斜日迟迟下，好教人恨得直咬牙。

【搅筝琶】俺姐姐打扮得天仙似画，准备著文君会司马。只为鸾凤[7]双栖，锁不住心猿意马[8]。

---

[1] “庭院”二句：出自《西厢记》第三本第三折：“门阑凝暮霭，楼角恋残霞”。《故事成语考·宫室》：“贺人有喜曰‘门阑蔼瑞’。”此借用其意。

[2] 驸马：中国古代帝王女婿的称谓。又称帝婿、主婿、国婿等 。驸马最初为官名。汉武帝时置驸（副）马都尉，谓掌副车之马。到三国时期，魏国的何晏，以帝婿的身分授官驸马都尉，以后又有晋代杜预娶司马懿（晋宣帝）之女安陆公主，王济娶司马昭（文帝）之女常山公主，都授驸马都尉。魏晋以后，帝婿照例都加驸马都尉称号，简称驸马，非实官。以后驸马即用以称帝婿。此指丘谦之。

[3] 牵牛（Pharbitis nil L. Choisy）：属旋花科牵牛属，一年生缠绕草本。这一种植物的花酷似喇叭状，因此有些地方叫作喇叭花

[4] 荼蘼（tú mí）：蔷薇科植物，开白色重瓣花。

[5] 凌波袜：典出曹植《洛神赋》：“体迅飞凫，飘忽若神；凌波微步，罗袜生尘。”写洛水女生迈着轻盈的步子在水波上行走，淡荡的水气好像是被罗袜踏起的飞尘。凌：踏。后用以指美女之袜。

[6] 子瑕：即弥子瑕，卫之嬖大夫也。姓弥，他的名是瑕，现在俗称“弥子瑕”。韩非所作《韩非子·说难篇》有提及：“弥子名瑕，卫之嬖大夫也。弥子有宠于卫。卫国法，窃驾君车，罪刖。弥子之母病，其人有夜告之，弥子矫驾君车出，灵公闻而贤之曰：‘孝哉！为母之故犯刖罪。’异日，与灵公游于果园，食桃而甘，以其余鲜灵公。灵公曰：‘爱我忘其口味以啖寡人。’及弥子瑕色衰而爱弛，得罪于君，君曰：‘是尝矫驾吾车，又尝食我以余桃者。’”

[7] 鸾凤：鸾鸟和凤凰。古代传说中的神鸟。比喻贤良、俊美的人。汉贾谊《吊屈原文》：“鸾凤伏窜兮，鸱枭翱翔。”

[8] 心猿意马：心好像猴子在跳、马在奔跑一样控制不住。形容心里东想西想，安静不下来。出自汉魏伯阳《参同契》注：“心猿不定，意马四驰。”

不只是俺家小姐这般，那官人更是心急火燎，浑身难奈。

害相思的整日间来水米难咽下。这都是俺姐姐惹的颠倒担怕，怕这情儿，到底是真还是假，害得他一地里胡拿[1]。

姐姐，怕有人偷看咱们赏月观景，听咱们说话，俺且把这周围瞧一瞧。（帖走到一边介）俺把这院门打开，这么晚了，那官人怎么还不来。俺且拍掌打个暗号。（拍掌介）来呀，来呀！（生上）有人拍掌，想必是翠娟送的暗号，我也拍掌回应。（拍掌介）我来了。（帖）那可憎儿来了。

【沉醉东风】俺这里才将信儿暗发，他那里掌儿应和急煞。一个潜身在曲槛边，一个背立在赤壁下。他藏在这何处？怎不曾打话。

（生扑向帖紧紧抱住介）（生）小姐，我的亲娘，你总算来了。（帖）畜牲，俺是你娘！你看仔细著。若是你老爷知道，怎么得了！（生）小生害相思害得著了狂，搂得急了些儿。没看清楚是小娘子，还望小娘子恕罪！（帖）你也太急也！

你把俺搂得个紧紧巴巴，真是饿狼怕，饥不择食不管你我他。

（生）小姐在哪儿，请小娘子快告诉我。（帖）在赤壁下。俺再一次问你，真的是小姐叫你来的？（生）我说过几次了，我是猜谜的专家，智

---

[1] 一地里胡拿：一地里，处处、一概、一味。胡拿：胡闹，胡来，白朴《唐明皇秋夜梧桐雨》第三折："总便有万千不是，看寡人也合绕过他，一地里胡拿！"

超诸谒[1]，才比苏柳[2]。绝对不会错。（帖）你别从俺这儿直接过去，转过弯儿，免得小姐说是俺叫你来的，你就从墙角儿绕过去，今晚俺帮你两个幽会，所以你诸事都得依著俺去做。

【乔牌儿】你看那淡云笼帘纱，清风拂秀发；湖边垂柳扬水花，绿茵伴著绣榻。[3]

【甜水令】良宵漫漫，闲院静鸦，销魂最佳。她是个嫩叶新芽，你要耐著性儿呵护，细心温存，话儿谦洽。经不住摧枝败花[4]。

【折桂令】俺姐姐金枝玉叶美无瑕，粉脸生春，乌黑秀发。恁的般担惊受怕，又不图甚浪酒闲茶[5]。你说不是为问柳寻花[6]，图个情字来消乏。多些温存，罢了牵挂，收拾了忧愁，合做著冤家。

（生）这个你放心，到时俺自有道理。（生入闺房，一把将旦搂在怀中介）（旦）谁也！（生）小生。（旦怒介）官人，你算什么，你无故至此，又作出这般轻浮举动，岂不怕败了你我名声，如果这事被你家老爷闻知，看你有甚么话说。若要被外人闻听，被传开去，看你还有甚颜面

---

[1] 诸谒：乃诸葛亮（181—234），字孔明，号卧龙（也作伏龙），汉族，徐州琅琊阳都（今山东临沂市沂南县）人，三国时期蜀汉丞相，杰出的政治家、军事家、散文家、书法家、发明家。在世时被封为武乡侯，死后追谥忠武侯，东晋政权因其军事才能特追封他为武兴王。

[2] 苏柳：乃苏轼和柳宗元。苏轼（1037—1101）：字子瞻，又字和仲，号东坡居士，世称苏东坡、苏仙。汉族，北宋眉州眉山（今属四川省眉山市）人，祖籍河北栾城，北宋著名文学家、书法家、画家。柳宗元（773—819）：字子厚，汉族，河东（现山西运城永济一带）人，唐宋八大家之一，唐代文学家、哲学家、散文家和思想家世称“柳河东”、“河东先生”。

[3] 绿茵伴著绣榻：意谓绿草地如同铺在绣床上的褥子。

[4] 摧枝败花：花柳，代指女子，多指妓女。蜀后主王衍《醉妆词》：“者边走，那边走，只是寻花柳。”段成式《酉阳杂俎·语资》：“某年少常结豪族为花柳之游，竟蓄亡命，访城中名姬，如蝇袭羶，无不获者。”败柳残花喻已破身女子。

[5] 浪酒闲茶：男女调情时吃的酒菜。高文秀《黑旋风双献功》第四折：“谁着你一是为人将妇女偷，见不得皓齿星眸。你道有闲茶浪酒结绸缪，天缘辏，不枉了好风流。”

[6] 问柳寻花：花、柳：原指春景，旧时亦指娼妓。原指赏玩春天的景色。后旧小说用来指宿娼。出自唐杜甫《严中丞枉驾见过》诗：“元戎小队出郊坰，问柳寻花到野处。”

做官！（生）呀，她变卦了。（帖）想这两冤业正在劲儿哩。

【锦上花】为甚做媒娘，从无心怕？赤紧的男欢女爱不会有差。我这里悄儿潜踪。静候听话；（惊介）一个羞惭，一个怒发。

【幺篇】官人犯了傻，文如翻脸罢。一个呵呵斥斥，一个结结巴巴。说甚么悟诗高手，猜谜专家，到此时只能是装聋作哑，一言不发。

官人在俺面前那种口若悬河的能耐这会儿到那里去了，他见面就将小姐搂在怀里，粗鲁至极，有甚体统，若要告到官里，定他个非礼之罪，看他以后还怎么做人。

【清江引】在俺面前天花乱坠瞎呲牙，这会儿装聋又作哑。谁料想风云乍起变，元来他巨浪当头打。娇娘[1]处分成个呆木瓜。

（旦）翠娟过来，这里有鬼。（帖）鬼在哪里？（生）不是鬼，是小生。（帖）官人，你来这里干什么？（旦）别跟他废话，送到官府里去！（帖）到官府，他这一生的名声就毁了。不如俺和姐姐来处分他。官人，你听著，你既是朝廷命官，又读圣贤书，必尊圣贤之礼。三更半夜，小姐在这赏月，你跟来干甚么？

【雁儿落】不是俺姐妹俩私设公堂将你吓，问你几句心里话：你学识渊博深，却是这等轻狂胆儿大。

---

[1] 娇娘：指呼文如。处分：责备，数落。关汉卿《感天动地窦娥冤》楔子："婆婆，窦娥孩儿该打呵，看小生面只骂几句；当骂呵，则处分几句。"破：语助词，犹着，了。《诗词曲语辞汇释》："破，犹着也；在也；了也；得也……处分破，犹云处分着或处分了也。"花木瓜：本为安徽所产的一种瓜果，宋祝穆《方舆胜览》卷十五云："宣州人种木瓜始成颗，则镞纸花以贴其上，夜露日曝而变红，花纹入生可爱。"故曰花木瓜。又见《尔雅翼》。后用来比喻好看而无实用、徒有其表的人和事。周必大《泛舟游山录》卷一："王彦章与王甫太学同舍，貌美中空，彦章戏之为花木瓜。及彦章罢符宝郎，甫正当国，以宣倅处之——宣州产花木瓜故也。"凌濛初曰："花木瓜，谓中看不中用也，亦有游花奸猾之意。旧词云：'那回期，今番约，花木瓜儿看好。'又有'外头花木瓜，里头铁豌豆。'《误入桃源》剧云：'不似你猱儿每狡猾。似宣州花木瓜。'《李逵负荆》剧：'元来是花木瓜儿外看好。'《水浒传》亦有'花木瓜好看'，其意可想而见。"此指丘谦之。

你知罪么？（生）小生不知罪。（帖）你还嘴硬。

【得胜令】读书人当做表礼家，却这般没上又没下。你本是个尊贵身，却做了偷花侠；不想去争功名，却这般的学骗马[1]。

姐姐，看在翠娟面上，就放过他吧！（旦）若不看翠娟情份，我去告官，看你还有何面目见江东父老[2]，你走吧。（帖）这般则好。

多谢姐姐贤达，看俺面饶过他。

若报官审查，你既是朝廷命官，就应该把心思用在朝政上，谁教你深夜闯入小姐闺房。官人呵，

如此且不细嫩肉吃顿打。

（旦）官人一时莽撞，我且不怪你。只是你是有身份的人，自当以功名为重，才不辱没家门。如若做出非礼事来，岂不毁了一世英名，官人又何以自安？今后再勿如此，不然，决不甘休。（下）（生朝旦下场的方向蹶足望介）（生）明明是你叫我来的，我按你约定的时间来了，却怎么又这般。（帖）小姐走了，你的话又多了，刚才你干甚么去了？为何不说，真是羞呵，还吹什么是解诗专家，猜迷高手，说不会有任何差

[1] 骗马：许振扬曰："《广韵》三十三'线'：'騗，跃上马，匹战切。'不作欺盗解。程大昌《演繁露续集》：'尝见药肆鬻脚药者，榜曰："骗马丹"。归检字书，其音为匹转，且曰："跃而上马。"言蜀马既已低小，而临阶为高，乃能跃上。始悟骗之为义。《通典曰》："武举制土木马与里闾间，教人习骗。"'孟元老《东京梦华录》叙'百戏'亦曰：'或以身下马，以手攀鞍而复上，谓之骗马。'……然马致远《任风子》第二折云：'我骗上土墙腾的跳过来。'则骗者，跃也，不必尽为马……予考《水浒传》第四十六回云：'这人姓时名迁……流落在此，只异地立做些飞檐走壁、跳篱骗马的勾当。'……由知跳篱骗马，乃谓鸡鸣狗盗之术，亦元人成语。翠娟之言，似讥丘谦之学屑（按，应为宵字）小所为，甘趋下流，着意处本不在'跳跃'也。"

[2] 江东父老：典出《史记·项羽本纪》。项羽兵败，来到乌江岸边："乌江亭长檥船待，谓项王曰：'江东虽小，地方千里，众数十万人，亦足王也。愿大王急渡。今独臣有船，汉军至，无以渡。'项王笑曰：'天之亡我，我何渡为！且籍与江东子弟八千人渡江而西，今无一人还，纵江东父兄怜而王我，我何面目见之？纵彼不言，籍独不愧於心乎？'"卒未渡。后用为功业无成愧见亲友的典故。此言丘谦之有违圣训，无颜见故人。

错！（生）既然小姐是这般，我也罢了。（帖）你又来了。

【离亭宴带歇拍煞】再休题自个儿猜迷专家，帖言儿著意不差。到头来“水儿中捞月”，落得个“镜儿中赏花”，剩得个“剃头挑而热”[1]，凄惨了“月下空牵挂”。恁一心一意专想她，她翻云覆雨罢。强风情傻瓜。休干了“自作多情心”，忘过了“缠绵情语话”，删抹了“春宵千金价”[2]。

（生）小生觉得还不甘心，我再写一封信，烦姐姐带给小姐，以尽衷情如何？（帖）你还在做梦呀！

俺劝你趁早儿作休，简帖儿从今罢。自个儿不懂风流枪法。从今后悔过再自新，专志著青云直霄厦。

（生）我说文如呀，你可真是卖了我了。教我好狼狈。既然如此，我也不再有非分之想。只是这一去呀，我那心病又会一日加重一日，到那里去求这治心病的药儿呢？这却如之奈何？夜来得到她一封帖儿，心头一喜，原来的心病一下子好多了，所以才强打起精神至此，不料偷鸡不成反蚀一把米。眼见我这病是没治的了。只得自个儿回房纳闷去。正是：杜牧寄声休薄幸，秋娘应不旧时人。[3]

庭日高春起醉眠，知春初燕又堂前。
旧如认主曾相识，娇欲依人亦可怜。[4]

---

[1] 剃头挑而热：即一头热，一厢情愿。

[2] 春宵千金价：是说相会机会之宝贵。苏轼《春夜》：“春宵一刻值千金，花有清香月有阴。歌管楼台风细细，秋千院宇夜沉沉。”

[3] “杜牧”二句：出自《亘史钞·青楼黄绢·答句》，无名氏作。

[4] “庭日”四句：出自《亘史钞·青楼黄绢·草堂春起燕子乍飞》，无名氏作。

第十八出

【三登乐】（旦上）官人薄命，偏则是害相思瘦的没了四星[1]，眼见的起东风[2]惹的耗了精神。茶不思，饭不进，泪珠儿暗倾。天呵，偏人家有桃花运[3]，一个哥儿厮病[4]。

[三殿子]当初乍抛，有谁知山路遥。于今久抛，始不禁魂劳梦劳。早知去后影萧萧，牵衣恨杀王生草。真个是，玉箫江夏，悔别韦皋。[5]早上官人的书僮来，说官人病重，想必官人昨日受了那一场闷气才致如此，我这就教翠娟去瞧瞧，顺便请个大夫看下什么药，病情如何，然后来回话。翠娟。（帖上对观众介）姐姐，唉，她准是又为那官人的事，昨晚上官人讨个没趣，那相思儿会不会引起病越来越重？姐姐呀，你坑人家了。（帖上见介）姐姐唤翠娟做甚么？（旦）听说官人病重，我有一个好药方儿，你给我送过去。（帖）啊呀，你又来了，俺叫你一声娘，再不要坑人家了。（旦）好妹妹，救人一命，胜造七级浮屠，还是送去吧。（帖）除了你，谁也救不了他，得得得，俺就听姐姐的，这就再走一遭。（下）（旦）翠娟去了，我且回绣房等她回话。（下）（生上）昨晚在花园吃了那一场闷气，原有的病更是变本加厉，眼见得我就要快完了，书僮要给我请了大夫来给治病，我这病呵，不是大夫治得了的，

---

[1] 害相思瘦的没了四星：脸瘦得差了十分。星：古人以二分半为一星，则四星为十分。

[2] 东风：比喻婚姻遇到干涉。

[3] 桃花运：指男子得到女子的特别爱恋。也泛指好运气。本剧指第一义。

[4] 厮病：生病。

[5] 三殿子：出自《亘史钞·遥诗编》，呼文如作。

只要那小姐一点美滋滋，香喷喷，凉渗渗，甜蜜蜜，娇滴滴的唾沫儿给我吃下去，我这个鸟病就立刻会好！（帖领大夫上介）（帖做咳嗽介）（生）谁呀？（帖）是给你治病的亲娘。（生）呵呀，救星来了，（做开门介），多谢小娘子。（帖）俺家小姐听说官人病重，著翠娟请医整治。（生）难得小姐惦记。（大夫给号脉，下药介）。（下）（帖）俺家小姐坑得人如此，又叫俺来请医探问，还送甚么药方儿，怕是只会给官人的病更重了。俺推脱不过，只得再来这里走一遭，哎。“心病终须心药医，解铃还须系铃人”。[1]

【斗鹌鹑】则为你题诗勾引[2]，失魂丢魄；迤逗得重病缠身，半昏半醒；折倒得腰如病沉，脸似枯形。恨已深，病已沉，昨夜个给闷脸对面抢白，今日个送药方假献殷勤。

昨夜那一顿斥责呵，

有如电闪雷鸣[3]，

【紫花儿序】全忘了当日情景，押著韵脚儿联诗，侧著耳朵儿听琴。

见了他假话道白：“官人，我与你丝罗之约。”甚么勾当！

怒时节[4]把一个官人来折腾。欢时节[5]：“翠娟，好妹妹，你看望他一遭。”将一个丫鬟逼紧、探问，求著俺引线穿针。真教人捉摸难定。

这的确是姐姐的不是，

---

[1] “心病”两句：出自曹雪芹《红楼梦》。

[2] 题诗勾引：典出南朝梁人钟嵘《诗品》卷中：“初，（江）淹罢宣城郡，遂宿冶亭，梦一美丈夫，自称郭璞，谓淹曰：‘我有笔在卿处多年矣，可以见还。’淹探怀中，得五色笔以授之。而后为诗，不复成语，故世传江淹才尽。”（事亦见《南史·江淹传》，《太平广记》卷二七七所引《南史》稍有异文），后称有文彩、文才为彩笔。

[3] 电闪雷鸣：比喻厉害。

[4] 怒时节：发怒的时候。

[5] 欢时节：高兴的时候。

将官人的一片痴情，都做了过眼烟云[1]。

（帖见生介）官人病体如何？（生）苦杀小生也。我若是死呵，小姐，阎王殿前，你也脱不了干系。（帖叹介）普天下害相思病的何其多，难得有象你这样的傻角。

【天净沙】心不在功名晋升，梦不离情场销魂，则去那寻花问柳上志诚。又不曾得甚，真个是不到黄河不死心[2]。

怎么你的病这般重了？（生）还不都是因为小姐，昨夜独自一个人在客房内一气一个死，我把心都交给了她，却如今反被她害了。

真是“裙刀上更自刑，活取了个年少书生”[3]。

（帖）官人也太痴情了。

【调笑令】俺这里意明，这病为亲亲，根儿侵心非侵身。更折腾得瘦骨嶙峋[4]。似这般单相思的笑痴情。功名上早抛九霄云，婚姻上更返吟复吟[5]。

小姐教俺看官人，吃甚么汤药，病体如何，小姐也再三致意，并教俺送来一个药方。（生）药方？在哪里？在哪里？（帖）你急甚么！不过是几般生药，配对起来，俺说与你听。

【小桃红】“桂花”，摇影夜深沉，酸醋“当归”浸。[6]

---

[1] 过眼烟云：即很快消失、忘记。

[2] 不到黄河不死心：不到无路可走的境地不肯死心的，即不达目的决不罢休。

[3] “裙刀”两句：出自元代诗词，高克礼作品全集《雁儿落带过得胜令》。

[4] 瘦骨嶙峋：指过于瘦弱，露出骨头。

[5] 婚姻上更返吟复吟：出自《西厢记》第三本第四折。

[6] “桂花”二句：出自《西厢记》第三本第四折，桂花、当归：均中药名。夜深沉，夜已深。酸醋当归浸，把当归浸泡在醋里。这里借谐音字，谓：在桂影摇曳的月夜，穷酸秀才要就寝的时候。

（生）桂花性温，当归活血，两个怎能配在一起？再说又哪要这许多！（帖）这你不懂哩。

两味配药性儿翻腾，这方儿最难寻，一股吞下死回生。

（生）好姐姐，莫开玩笑了，赶快把小姐的药方给我看。（帖）你急甚么，这药还有禁忌呢。（生）禁忌什么？（帖）这俺可知晓。

忌的是“知母”来浸[1]，怕的是“翠娟”撤沁，吃了呵，稳情取了“情哥儿一身汗淋”。

这药方是小姐亲自写的，她说保管药到病除。（帖递药方介，生看后大笑介）早知道小姐有书来，理应远迎，好姐姐……（帖）又怎么啦，这可是第二遭了。（生）姐姐你不知这药方意思，小姐是要和小生结秦晋之好。（帖）你又来了。

【鬼三台】足下似聪明，实愚蠢。卖你个狂魔的使君，无处问佳音。向简帖儿上计寻。得了个纸条儿恁当锦囊针[2]，若见玉天仙怎生欲还魂？俺那小姐覆雨翻云，休忘那月夜教训。

书上如何说，你念给俺听听。（生）这是首五言律诗，你听：“春风柳叶芳，夜月桂枝骄。无路翔鸾驾，星河同鹊桥。销衣云色重，妆镜雾烟消。观逐今宵近，悉道别日遥。”这前四句“春风柳叶芳，夜月桂枝骄。无路翔鸾驾，星河同鹊桥。”是安慰我的话，教我不要著急，烦恼。鹊桥正在搭建。并对昨晚的事暗含歉意。这后四句才是真正的好东西。翠娟你听“销衣云色重，妆镜雾烟消。观逐今宵近，悉道别日遥。”说这诗就是媒人，今晚上要和我欢宵，这首诗非前日那首可比，今晚小姐必来。（帖）就算如你所说小姐必来，可你这个破客栈如何安置她，莫非要她？

[1] “知母”句：出自《西厢记》第三本第四折。知母：中药名，谐音指丘梁。
[2] 锦囊针：即锦囊妙计。

【圣药王】果若你有心，她有心，昨夜何必闲气生；花有阴，月有阴。“春宵一刻值千金”[1]。何必诗对会家吟。

（生）客栈是简陋些，我有银花在囊，可添些床上锦绣。（帖）男人就是这般对付。

【东原乐】添些春宵帐，绣花枕，暖被儿温，怎不销魂？至如你软语轻言细温存，何愁玉人不往怀里倾，若能并蒂，多谢俺救命观音。

（生）那是自然，还得姐姐多多费心，姐姐我问你，小生为小姐病成这样，小姐是不是也为小生减了丰韵呢？（帖）这是你两个人的事，你说呢？

【绵搭絮】她软腰细了三分，粉脸失了光莹，眼弱秋水，体如凝胭。俊的是宠儿俏的是心，体态温柔性格儿沉，[2]为著你何止减了丰韵，更是减了惹人青春。

（生）原来小姐还是疼我哩。今晚若能定下终身，小生的病好了，小姐也快活了，那时都忘不了小娘子的大恩大德。重重酬谢！（帖）你两再别把气俺受就阿弥陀佛。

【幺篇】恁忒过贬人损人，谁只望黄金白银。成就好事，胜过观音，今夜相逢俺撮成。不图你知恩报恩。则要你鸳鸯合，凤凰并。

（生）说到家父，我也怕小姐恐惧其威严，不肯出来。（帖）只怕小姐自己不肯，如果她真有意，就无所畏惧。

[1] 春宵一刻值千金：春宵的时间是非常珍贵的，一般是说新婚之夜．是进洞房过夜。这要从我国古代的黄帝时代说起。黄帝战败蚩尤之后，为了解决群婚的弊端，决定实行一夫一妻制。男女双方经过一定的公告程序之后，进入由部族预先准备好的洞穴之中，完成私房之事，以防止抢婚事件的发生。

[2] “俊的”两句：出自《西厢记》第三本第四折。

【煞尾】纵然是老佛爷紧箍咒念紧，好共歹须教你称心。

（生）可千万别像昨晚那样，到时候她又变了卦。（帖）小姐的性儿俺知。

到来时肯不肯由她，见面时亲不亲在君。

【络丝娘煞尾】看今宵翻云覆雨，望明日覆雨翻云。

呼文如假装正经，丘谦之冤吃闷棍。

勤书僮传递病情，慈翠娟医方治病。

第十九出

【玩仙灯】（旦上）丫鬟探问，耐性儿待候回音。思量起举目无亲，孤苦有尽。我的翠娟呵，幸遇官人结秦晋[1]，深谢翠娟联婚姻。

[滴溜子][2]冤家的冤家的青年梦刀，薄命的薄命的终朝郁陶。蓦地离开怀抱，霜雪满江天，那同欢笑。你便做薄幸相如也，须记临邛绿绮琴调。教翠娟传简给官人，约定今晚和他相见，我这里等翠娟回来，听官人有何话说，再作商量。（帖上）姐姐教俺传帖儿给官人，原来是约定今晚相会。俺家小姐，真教人好难猜透。俺怕她再次说谎，欺骗官人，岂不送了官人性命，这可不是闹著玩的。俺这就去见小姐，看她怎么说。（见介）（旦）我今晚身子这般不好，想早点歇息，你给我收拾一下卧房，然后你就忙自己的去吧。（帖对观众介）想把俺支开，她一个人偷偷去，这次，俺可再不装聋作哑了。（对旦介）姐姐，你这里要歇息，那边官人如何发落。（旦）甚么官人？（帖）姐姐，你又来了，送了人家的命可不是玩的，你若又要反悔，俺便向官老父告发，把你写的诗也给老爷看。（旦对观众介）看起来，翠娟甚么都知道了，那我也就不用瞒著她了。（旦介）你这小贱人倒会放刁，教我羞羞答答地怎么说，又怎么去。我还不是怕把事闹大了，传开去，且不在官老爷那里难收场，

[1] 结秦晋：秦晋：原指春秋时秦、晋两国世通婚姻，后泛称任何两姓之联姻。亦指双方和睦相处永结秦晋之好。明赵震元《为李公师祭袁石寓（袁可立子）宪副》：“《葭露》矧某，辱附秦晋，而先大人同为问渡。”元乔孟符《玉箫女》第三折：“末将不才，便求小娘子以成秦晋之好，亦不玷辱了他，他如何便不相容。”

[2] 滴溜子：出自《亘史钞·遥集编》，呼文如作。

故而瞒著。（帖）瞒甚么？怕甚么！生米煮成熟饭，看那老爷还有何法儿。（旦）你这小贱人，倒有心计。（帖）赶紧去吧，官人等著哩。（帖边说边推旦，旦故作扭捏，但还是走了介）（下）（帖）俺那姐姐，嘴说害怕，脚步儿却跑的飞快，小姐呵，

【好正端】俺姐姐玉亭亭，写丹青[1]，雨弱云娇山月明。惹情郎生痴心，薄命遇了福荫。出闺阁，奔客栈，会傻角，诉衷情，成好事，配鸳鸯，司马郎，卓文君。翠娟今夜卧看双星。

郎马无凭似�蛛，也有游丝在路途。
侬心好似春蚕茧，镇日牵丝不出庐。[2]

[1] 丹青：比喻始终不渝。
[2] “郎马”四句：出自《亘史钞·遥集编》，呼文如作。

第二十出

【北点绛唇】（生上）几番波折，一朝互拜。好姻缘，娶了眉黛[1]。又向俺这客房门里迈。

“美人家在楚江滨，十五琵琶天下闻。憩以武昌情作柳，长令巫峡梦为云。西湖欲载谁堪侣，黄鹤飞来巩是君。寄与洞房冰箪道，莫将珠泪怨湘文。”[2]昨晚翠娟传来小姐书帖，约好今晚定下终身，如今初更已过，却不见她来，小姐呵，此次你可别再骗我了！正是：芳颜共把长生草，笑脸垂看解语花。[3]

【点绛唇】紫袍金带，会了金钗[4]，俏冤[5]来，前番慢怠，今日向休再卖书呆[6]。

【混江龙】月影西筛，银光倾泻洒楼台。红烛迎人，花庭待艾。轻风拂袖，则道似情牵手；月移花影，则道似冤家来。意悬悬望眼欲穿，急攘攘著人难耐，心急如焚，无处排解，则索进进出出倚门

---

[1] 眉黛：古代女子用黛画眉，因称眉为眉黛。借指妇女。唐温庭筠《杨柳枝》诗：“金缕毵毵碧瓦沟，六宫眉黛惹春愁。”泛指妇孺。鲁迅《无题》诗：“洞庭未落楚天高，眉黛猩红涴战袍。”

[2] “美人”八句：出自《亘史钞·遥集编》，丘谦之作。

[3] “芳言”两句：出自《亘史钞·青楼黄娟》，无名氏作。

[4] 金钗：古代指十二岁女子为金钗，本剧中借指呼文如。

[5] 俏冤：即对呼文如的爱称。

[6] 书呆：自指，即丘谦之。

儿待。活象是热锅蚂蚁，乱了营寨。

小生一日十二时辰，无有一刻放得下姐姐，你可那里知道也呵！

【油葫芦】自则迷上那金钗，苦哀哀，神魂颠倒死活来。早知道无了无休因她害，想当初不如不润牡丹开。千不该，万不该，拈了花儿心难戒，怎禁她兜的费心猜。

【天下乐】我则索玉人心思深似海，好著人难猜：闷杀人也！若非前番情景今番再。望得人眼欲穿，想得人不自在，冤家到底来不来？

莫不又是戏弄我吧？

她若是信守承诺，就莫使我久待。

【那托令】她若是痴心不改，就该金莲早迈；她若是已经出宅，就会春生敞斋；她若是食言不来，就是心儿作坏。听著她脚步儿声，合著掌儿诵斋。等姐来开戒。

【鹊踏枝】恁的般使性儿，并不曾将你怪，拔得个心回意转，夜去明来。只当道打是亲来骂是爱，再多委屈抛天外。

小姐今夜若不来呵。

【寄生草】准备著害，安排著埋。想著这可怜俊才桃运难载，则为这异乡身强把肝肠耐，办一片志诚人儿哀哀。试著那难诉难倾打一年愁，端的是伤情伤怀把半生载。

（旦引帖上介）（帖）姐姐，俺过去，你呆在这里。（帖敲门介）（生）谁呀？（帖）是你祖奶奶。（生）小姐怎么不见，小姐来了么？（帖）你先开了房门，备好茶水，小姐就来。官人，你怎么谢俺？（生施礼介）（生）小生一言难尽，感激小娘子之情，唯天可表。（帖）你们这一次可要说好，一定终身，可别再思前想后，著人烦恼。（帖回身将旦推入生客房介）（帖）姐姐，你进去，慢慢说著，俺在门外等你。

（生见旦跪介）谦之有何德，有何能，敢劳神仙下凡，此时此刻，莫非是在梦中。

【村里迓鼓】猛见了醉人眉黛，

有了她我什么病都没有了，

这病呵一飞天外。前番委屈，全化作今宵欢爱！谢小姐不计前嫌，太守谦之，理当跪拜。小生我无卫玠[1]之容，陵王[2]之貌，曹植[3]之才。姐姐，承蒙你不嫌不弃来错待。

【元和令】娇柔小金钗，清秀嫩眉黛。羞答答不肯把头抬，只将金莲轻轻迈。两鬓双锁帖香腮，偏宜珠钿儿歪。

【上马娇】我这里费思儿猜，集神儿解，呼娘肯偏爱。不良会把花蕊搓，教人心儿坏。

【胜葫芦】今番我辜负家父做不该[4]。莫怨儿慢怠。青楼女子也是人，有悲有愁，有情有爱，贤孝有良钗。

【幺篇】明月高悬照庭台，有心月老卖[5]，情牵姐姐双跪拜。从今往后，卿卿我我，恩恩爱爱，一世不分开。

衷心感谢姐姐不弃，使小生得以与小姐喜结秦晋之好，日后做牛做马，也要与小姐同甘共苦，白头到老。（旦）我之千金之躯，今日一拜，此身从今以后就托于官人，还望官人珍惜，日后勿以见弃，使我有后顾之忧。（生赠旦信物介）（生）小生是读圣贤书之人，自知“忠贞”二字

---

[1] 卫玠：字叔宝，河东安邑（今山西夏县北）人，晋朝玄学家、官员，中国古代四大美男之一。

[2] 陵王：又叫高长恭（541—573），又名高孝瓘、高肃，祖籍渤海调蓨（今河北省景县），神武帝高欢之孙，文襄帝高澄第四子，生母不详，南北朝时期北齐宗室、将领，封爵兰陵郡王。

[3] 曹植：曹操与武宣卞皇后所生第三子，曹植是三国时期曹魏著名文学家，作为建安文学的代表人物之一与集大成者，他在两晋南北朝时期，被推尊到文章典范的地位。

[4] 做不该：即不该做。

[5] 月老卖：做月老。“卖”当“做”、“卖弄意”。

之义。

【后庭花】明月映书呆，清风拂眉黛。

（旦）这般瞧人，教人羞答答的。（生）姐姐呵！

昨日一执手，今宵双跪拜。畅奇哉！前番苦恼，早抛九霄外。多难的丘谦之，孤独的西陵客，自从逢稔色，今生艳福来。忧愁自此消，相思自此解，谢芳卿厚爱。

【柳叶儿】自此后我将你当心肝儿般看待，细心阿护当花栽。想当初痛不欲生无从解，若不是真心等，赤诚待，怎能勾这相思苦尽甘来。

【青哥儿】谢谢你吞声忍气将我爱，今生今世铭心怀。我这里道一声有情有义小奶奶，心宽量大，千金难买。今番和谐，自此无猜。月射阳台，露湿闲阶，轻风拂柳，星映香埃。万物作证，似王奎负桂英[1]当自裁。

（旦）夜深了，我得回去。（生）良宵苦短，何不再呆一会儿。（旦）来日方长。（生）既如此，小生恭送小姐。

【寄生草】多风流，忒光彩。乍时不见教人害，霎时不见教人怪，些时不见教人呆。今宵同会客栈里，何时解开裙衣带？

【醉夫归】虽然香在人勿在，莫道无爱却有爱，孤檠灯，单映书呆，屏风隔人人艾。恨只恨别时容易见时难，怕只怕咫尺好似天涯迈。

（旦）只要有机会，我就会来的。（生）愿姐姐及时赐福于我。（两人来到客栈外介）（帖）官人，来拜你娘，你高兴了，可莫忘了你娘。

---

[1] 王奎负桂英：一名《王魁》。古代中国南戏剧本。作于南宋光宗时。作者不详。是今知最早的南戏作品之一。仅存少数曲词。另元代尚仲贤有《海神庙王奎负桂英》杂剧，仅存曲词一折。取材于中国民间传说。叙妓女焦桂英资助书生王奎读书赴考，王奎得中状元后弃桂英另娶，桂英愤而自杀，死后鬼魂活捉王奎。现代有些剧种仍有此剧目。

（生）小娘子，请受小生一拜，忘不了小娘的恩德。（帖）姐姐，咱们回去。（下）（生）醉死我也！

【赚煞】醉透了丘生，薄幸了眉黛。贱却了人间玉帛。杏脸桃腮，透著春色，嫩央央越显得光彩。莲步遥，缓下台阶，意绵绵又回头卖。小生不才，谢娇娘爱、爱。

解佩重逢汉水头，孤舟斗酒话绸缪。

从来肝胆苦相照，不道风尘醉里休。[1]

---

[1] “解佩”四句：出自《亘史钞·遥集编》，呼文如作。

第二十一出

【梨花儿】（老生扮丘通判引仆僮上）儿郎青睐风尘流[1]，呼娘著意追太守。老爷我回时说缘由，几个榔头分左右。

“赤壁矶头鹤梦残，孤舟东下雪漫漫。女萝自分根株小，愿倚高昌结岁寒。”[2]今日回西陵省亲，听言语儿郎又与那青楼女子有了私情，自家世代书香，名门望族，若如此，颜面何在？为探个虚实，老爷我得往黄州府走一遭，今儿早早来到，想来这事那书僮知也。先问那厮，看有何话说，再作计较。仆童，教书僮来。（仆）是。（并下）（丑上）听说老爷来到了黄州，想必是为官人与小姐事儿，这可如何是好？（仆上）书僮，书僮。（见介）（丑）哥儿几时来著，唤我何事？（仆）老爷知道官人会那小姐的事，如今要打问哩。（丑对观众介）呀！不妙了，老爷知道了。（对仆介）哥儿，你先去，我这就来。（对后唤介）官人，出来，出来。（生）唤我何事？（丑）不好了，老爷知道了你和小姐的事，这会来到了黄州，教我问话哩。怎么办呀？（生）书僮，没有其他办法，务必遮盖就是。（丑）这可教我怎么说，若是不告诉老爷，纸包不住火，一旦查出来，落得个欺主之罪不说，老爷还不打我个半死。对，这事是那翠娟小蹄子从中穿针引线，能盖就盖，盖不住教老爷问那翠娟去，我也脱个干系。（丑见老生介）老爷万福。（老生）书僮，我来问你，相公可与那女子勾当？实话说来！（丑）这……这……（老

---

[1] 风尘流：即呼文如。

[2] “赤壁”四句：出自《亘史钞·遥集编》明代，西陵万士南作。

生）这甚么，还不从实说来，小心你的皮肉！（丑胆寒介）这不干我的事，都是那姐姐的丫鬟翠娟引见的。（老生）去，给我将那翠娟教来。（丑见帖介）姐姐，大事不好了，我家官人和小姐的事老爷知道了，教你去问话哩。（帖）呀，姐姐，你连累俺了。（对丑介）哥儿，你先去，俺这就来。（对后唤介）姐姐出来，姐姐出来！（旦）翠娟，有甚事，这般急唤？（帖）姐姐，出事了，官老爷来黄州了，教俺问话哩。俺该怎么说呀？（旦）好妹妹。还有甚么法儿，求你务必遮掩。（帖）娘呀，俺教你隐秘一些，还是被老爷发觉了。这下可完了。（旦）其实这也是迟早的事，却不料来得这样快，正是：自怜转眼空悲切，吟思高踪不可攀。[1]（帖）俺惨也。

【斗鹌鹑】则著你不可恋留，到有个长相厮守；不争你忘情难返，常使俺胆颤心忧。你若是披星带月，也不致风声走漏。明知道老通判严管束，陈腐朽，即便俺巧言善辩，也难遮盖得丝风不透。

【紫花儿序】若老通判猜定小姐求凤，官人求凰，这小贱人做了媒勾[2]。

（旦）这些都是那老爷的猜测，他不一定有根据。（帖）俺的姐姐呵！

你难道不知他老爷干甚行当，怎将目挡，别样的都休，试看你这身行状[3]，粉脸生春，这般精神，千种风流秀[4]，怎不教人思由[5]。

（旦）你去老爷那里回话，最好不要露出破绽。（帖）俺到老爷那边，老爷必问："你这小贱人……"

【金蕉叶】谁著你教唆的礼数不守[6]，谁著你迤逗的胡行乱走？若问著不给我从实招来，则教你皮肉好受。

[1] "自怜"二句：出自《亘史钞·青楼黄绢·晚春寄怀》，无名氏作。
[2] 媒勾：即媒人
[3] 行状：模样、体态。
[4] 风流秀：风流相。
[5] 思由：联想。
[6] 礼数不守：不守礼。

（帖）姐姐呀，你受责备情有可原，俺却图甚么来？

【调笑令】你客栈里私幽，缠绵话说个不够。我在客栈外几曾咳嗽，耳不闻只顾倾诉。今日个嫩皮肉挨粗棍抽，姐姐呵，俺这殷勤献的甚来由？

姐姐在这里等著，俺去见官老爷，瞒得过去，你别高兴，瞒不过去，你也别怪俺。事已至此，就只好听天由命了。（帖见老生介）（老生）小贱人，还不给我跪下！（帖跪介）（老生）你知罪么？（帖）翠娟不知罪。（老生）你还嘴硬哩。我来问你，若实说，我还饶你，若不从实招来，我立马打死你这个小贱人。（帖）老爷要俺说甚么？（老生）我问你，谁教你和那青楼小姐到客栈里去的？（帖）不曾去过，谁见来著？（老生）书僮甚么都说了，你还想赖！（老生打帖介）（帖）老爷小心不要闪了手，还请老爷息怒，听翠娟说。（老生）你从实说来。（帖）这缘由呵，

【鬼三台】夜坐时姐教我《女范捷录》[1]，字里间穷究。又说起官人病久，可怜见咱两个向他问候。

（老生）原来是这样，问候呵，儿郎说甚么？（帖）官人说呵，

我家老爷因循守旧，将喜变忧。著小生美满姻缘不自由。他还道：似这般不如死了干休，莫让老爷为儿怒。

（老生）儿郎是个官人，读圣贤书，当知生命可贵，怎生有这个念头？（帖）正是哩，

【秃厮儿】水米不沾人渐瘦，针药百施不回头。眼见他日复一日病越深沉，一命归西怎可不救？

---

[1] 《女范捷录》：为明末儒学者王相之母刘氏所作。此书分有统论、后德、母仪、孝行、贞烈、忠义、慈爱、秉礼、智慧、勤俭、才德11篇。宣扬古代的“贞妇烈女”与“贤妻良母”等事迹，称赞《女诫》《内训》诸书，阐发封建伦理的女学。

（老生）没想到儿郎病得这般模样，还难得你们照顾.（帖）俺姐姐心底最善良。

【圣药王】他每朝则忧，暮则愁，瘦的庞儿没了形构。老爷得好休，便好休，又何必穷究索根由？事至此何不顺水去推舟。

（老生）气死我也，这事完全是你这个贱人的责任。（帖）恕翠娟大胆，此事既不是官人的过错，也不是小姐的过错，更不是翠娟的责任，而是老爷你的过错一手造成的。（老生）这贱人倒反咬我一口，怎么是我的过错，而且是我一手造成的？（帖）男大当婚，女大当嫁，只要两人心心相印，互相爱慕，那就是命里有缘分。常言道，“有缘千里来相会，无缘命里不相逢”，既然小姐与官人一见钟情，就说明他俩今生注定是夫妻。这本来是一件好事，也是你丘家的福气，不料老爷守著陈规陋习，讲甚么门当户对，顾及甚么望族名份，嫌俺家小姐是风尘女子，岂不闻，富贵之家出恶女，贫穷之户有贤妻，硬是将好端端一对鸳鸯儿乱棍打散，害得官人整日茶饭不思，精神不振，身病一日重似一日。官人早有意于小姐，小姐也抱怨老爷不通世故人情，两人同病相怜，加上老爷横加干涉，两人不敢公开抗命，又不忍心绝情分开，就只好暗自幽会，私定终身。俗话说：“兔子急了也咬人。”。这不是老爷过错，不是老爷一手造出来的是甚么？现在事已至此，如果老爷不息事宁人，一来官人病日见加重，小姐如果一时想不开，有个三长两短，闹出两条人命儿来，损害丘家名声不说，如若告到官府，老爷至少也有治家不严之过。官府若再深究，查出老爷无故责打的情节来，老爷恐怕也要担当间接逼死人命之罪。所以翠娟倒要请求老爷，莫若顺水推舟，成就他们两个的好事儿，既拯救了两人的性命，也挽回了老爷治家不严的影响，岂非万全之策。

【麻郎儿】官人是朝廷锦秀[1]，小姐是女中魁首[2]；一个博得功成名

[1] 朝廷锦秀：指丘谦之为官中杰出人才。

[2] 女中魁首：指呼文如为女中豪杰。

就，一个晓尽描鸾刺绣[1]。

（老生）你这小贱人倒会言词，把他两说成一朵花，把老爷说得臭粪渣。（帖）俺劝老爷不可，

【幺篇】两全，便休，罢手，老爷你怎做敌头[2]？成好事添福添寿，起祸端丢人显丑！

【络丝娘】不争和丘谦之添福增绣，便是与丘家门出乖弄丑。到底对丘家又有何益，老爷细考究。

（老生）这小贱人说的也是，我不该养了这么个不肖之子。待要家法，又怕弄出事来。罢罢罢，我丘家从无辱没家门之男，也无弄丑之妇。事已至此，只好由著那畜牲了。书僮，教你官人来。（丑）是。（丑见生介）恭喜官人。（生）有何之喜？（丑）你还不知哩，老爷听说你又与那小姐粘连，来黄州了。刚才问我，我不敢说。我推托翠娟姐姐，没想到翠娟那小娘子真行，几番言语，倒把老爷抢白住了。老爷如今教你去，准备和小姐结亲呢。（生）有这等好事，这就去。（生见老生介）（老生）畜牲，我平时怎么教你来著？今日做下这等事，你只是我丘家的冤家，教我怒谁去？我待用家法，又怕辱没了丘家祖先。纳一个青楼女入室是我名门之家能干得出来的么？罢罢罢，谁教我养的儿不长进。小贱人，你去把你的小姐教来。（帖）是，老爷。（帖对后台唤介）姐姐，姐姐。（旦上）怎么去了这半天，遮盖过去了？（帖见介）你还在想好事哩，老爷教你去，将小姐正式纳室，官人已经招了，你也不要瞒了。赶紧去吧。（旦）事出突然，小姐丝毫没有准备，心里惶恐，如何见老爷？（帖）事到如今，还惶恐什么，过去便是。

【小桃红】那几宵月儿未出脚抹油，早约黄昏后。羞得我牙根儿酸的溜溜。猛凝眸，见时三寸莲儿抖。一会抱做成一团，一会搂紧亲

[1] 描鸾刺绣：指女子熟练的针线活儿。

[2] 敌头：对头。

口。呸，那其间怎生不见半点儿害羞。

【前腔】老爷致此不罢休，是我自投首，无奈何顺水推舟。好事儿，你何须惶恐退后。到节儿便把怯羞。怎生的“苗儿不秀”。呸，原来是个不中用枕头。

（老生）好一个女子也，你难道没听说男婚女嫁要讲门当户对？你却不顾及我名门家风。我要送你去吃官司，还怕辱没了我丘家之门。我如今准许儿郎纳你入室，只是我家世代不娶青楼女子，著儿郎先将你赎身，改邪从良。待儿郎先行去潮州就职，尔后再给你们完婚事。若不然，就休来见我。（帖）姐姐，恭喜你了。

【东原乐】从此后鸳戏鸯，凰幸凤，再不用朝朝暮暮皱眉峰，恩恩爱爱恰动头。既能勾，官人，姐姐，兀的般夜夜云雨[1]长消受。

（老生）明日收拾行装，安排酒宴，邀请府丞同去十里长亭，送丘郎赴湖州。（旦）著人只豁吟眸子，美满翻嬿十五迟，重会花前双拜之。（老生、生、旦、丑并下）（帖）好险呵！

【收尾】来时节张灯结彩箫鼓悠，到时节鸾凤和鸣变交友。那时间再受得媒礼有，方吃你喜庆酒。（下）

半晓移居髻髀云，回廓彳亍印苔文。

朦胧不尽阳台梦，重向金裯奉楚君。[2]

[1] 云雨：出自《文选·宋玉〈高唐赋〉序》：“昔者楚襄王与宋玉游于云梦之台，望高唐之观，其上独有云气……王问玉曰：‘此何气也？’玉对曰：‘所谓朝云者也。’王曰：‘何谓朝云？’玉曰：‘昔者先王尝游高唐，怠而昼寝，梦见一妇人曰：妾巫山之女也，为高唐之客，闻君游高唐，愿荐枕席。王因幸之。去而辞曰：妾在巫山之阳，高丘之岨，旦为朝云，暮为行雨。朝朝暮暮，阳台之下。’”后因用“云雨”指男女欢会。

[2] “半晓”四句：出自《亘史钞·遥集编》，呼文如作。

第二十二出

【锁寒窗】（老生伴外上）（老生）要将功名岁月积，莫把青春稔色[1]累。做了太守，应当名辈。留下卓著，载入史籍。居瑶阙[2]得存英雄气。儿呵，人生自古谁无死[3]，休做了空悲泣[4]。

“叮咛寄语烦回使，泪眼愁容已得之。独有寸心传不尽，江天漠漠倚阑时。”[5]今日送儿郎赴潮州履任，十里长亭，安排下宴席，我与方诚府丞先行到来，怎么不见儿郎和小姐？（生引旦、帖上）（旦）今日官人赴潮州取职，早已是离人伤感，何况又恰逢暮春天气，好不烦恼人也呵！正是：“情郎归去同谁凭，口不言两心自省。”

【好正端】才聚首，又别离，好伤怀，北雁南飞。车儿将载郎去也，总是离人泪。

---

[1] 稔色：美色、美貌。

[2] 瑶阙：指皇宫，朝廷。唐刘禹锡《武陵书怀》诗：“独立当瑶阙，传诃步字垣。”谢翱《回銮曲》诗之二：“都人望气归瑶阙，星扫茸头落参伐。”本剧中指潮州府衙。

[3] 人生自古谁无死：出自宋代文天祥《过零丁洋》。此诗前二句，诗人回顾平生；中间四句紧承“干戈寥落”，明确表达了作者对当前局势的认识；末二句是作者对自身命运的一种毫不犹豫的选择。全诗表现了慷慨激昂的爱国热情和视死如归的高风亮节，以及舍生取义的人生观，是中华民族传统美德的崇高表现。

[4] 空悲泣：即无所作为。

[5] “叮咛”四句：出自《亘史钞·青楼黄绢·遣使》，无名氏作。

【滚绣球】恨鸾凰刚配，怨比翼分飞。玉骢难系蹄儿急[1]。恨不倩疏林挂住斜晖[2]。马儿速速地行，车儿紧紧地随。支刺地搅断肠离，扑速地淹残眼泪[3]。实听得玉骢长嘶，松了金钏[4]，遥望见十里长亭，成了隔年期，此恨谁知！

（帖）姐姐今日怎么不打扮？（旦）你哪里知道我的心呵！

【叨叨令】想人生无趣，怎生有苦别离。凄凉凉无了无期，悲切切叠成堆。他那里准备著车儿、马儿，不由人暗伤泣；我这里有甚么心情著粉儿、花儿，打扮得娇滴媚；无尽的愁儿，苦儿，则索的长堆积；从今后思儿，念儿，都化作垂叠泪。兀的说与你也么哥，兀的说与你也么哥，把书儿、帖儿，索与我朝朝暮暮的寄。[5]

（生、旦、帖与老生、外见介）（老生）儿郎，与府丞坐，小姐这边座。书僮拿酒来，小姐既已是自家亲眷，不必回避。我今日准许纳小姐入室，儿郎赴潮州取任，可不要辜负了我的厚望，一定取得功名回来。（生）小生托老爷之福，凭着胸中之才，仁德之心，取功名如同囊中取物，老爷小姐就等著听我的佳音。（外）老爷的见识不差，丘生不是个自甘落后的人，此番去，一定会有所作为。（外向生敬酒，旦长吁短叹介）（旦）好伤感也呵！

---

[1] 玉骢（cōng）：马名，即玉花骢，一种青白色的骏马。杜甫《丹青引赠曹将军霸》："先帝天马玉花骢，画工如山貌不同。"此指张生赴试所乘之马。古人有折柳送别之习惯，《三辅黄图》卷六："霸桥在长安东，跨水作桥。汉人送客至此桥一声。"故写别情多借助于柳。晏殊《踏莎行》："垂柳只解惹春风，何曾系得行人住！"此言柳丝随长却系不住玉骢，犹言情虽长却留不住张生。

[2] 恨不倩疏林挂住斜晖：出自《西厢记》第四本第三折。倩（qìng）：请人代己做事之谓。辛弃疾《水龙吟·登建康赏心亭》："倩何人唤取，红巾翠袖，揾英雄泪！"上曲"晓来"，此曲"斜晖"，诗人造境不问四时。参见第四本时。参见第四本第三折"桂子"句注。

[3] 支刺地、扑速地：副词，无义。

[4] 松了金钏：（钏串）古代称臂环为钏，今谓之手镯。松金钏，言损使手镯松脱。

[5] "他那里"十句：出自《西厢记》第四本第三折。

【脱布衫】娇滴滴碧玉年纪[1]，碜磕磕[2]两下分离。急剎剎盼著归期，羞答答[3]将妾铭记。

【小梁州】我见他强颜欢笑真悲凄，不忍垂泪；低头推做整罗衣，猛然见了把头低，眼含泪，长吁短叹气。

【幺篇】虽然是终成佳配，奈时间翻做涕泪。意似销减了精神，昨夜今宵，腰围儿又变细。

（老生）小姐给丘生敬酒。（旦把盏叹介）（旦）官人请吃酒。

【上小楼】强作欢笑，实添忧绪。想著俺儿女私情，昨宵成亲，今日别离。我谂这几日离合滋味，却元来别离愁无边无际。

【幺篇】也则眼前闷愁，也则心儿哭泣。全不想多少往事，朝朝倾诉，暮暮恋依。你与俺千金姐做夫婿，夫唱妇随，但得一个莲并蒂，谁指望收名收利。

（老生）翠娟给丘生敬酒。（帖敬酒介）（旦）这酒呵，怎生越敬我心儿越乱。

【满庭芳】情似游丝，人如飞絮[4]，顷刻别离。若不是酒席间男女当回避，有心待与他相拥依依。虽然是良宵一刻值千金，也合著厮守一时承欢喜。眼底儿情脉脉，心间儿恨留别意。怎过今日里？

（帖）姐姐不曾吃早饭，好歹喝一口汤水。（旦）我怎么咽得下呵！

【快活三】杯中酒如泪液，盘中肴似土泥；泪液滴滴拌土泥，这

---

[1] 娇滴滴：娇媚柔嫩的样子。《京本通俗小说•碾玉观音》：“莲步半折小弓弓，莺啭一声娇滴滴。”元无名氏《连环记》第二折：“原来是娇滴滴佳人将竹径穿，把玉露苍苔任踏践。”碧玉年纪：女子十六岁称碧玉年华，即破瓜年华。

[2] 碜磕磕：不好之意。

[3] 羞答答：害羞，难为情。

[4] 飞絮：飘飞的像棉絮一般的柳树、芦苇等的种子。

滋味，怎咽吃？

【朝天子】那一声声唤敬酒，似一阵阵催别离，聚难散容易。局外人怎明局内人就里，总是凄凉意。谁承望蜗牛虚名[1]，蝇头微利[2]，活生生拆鸳鸯两字里，一个那厢，一个这壁，落得个仰天长叹息。

（老生）准备一辆车儿，我先回去，丘生和书僮随后来。（下）（生向外辞介）（外）此一行别无话说，只待朝廷嘉奖贤弟的捷报。另外，结亲的喜酒也莫忘了老兄，贤弟在意，一路保重！（下）（旦）时间过得真快呀！

【四边静】他那里先作别揖，我这里心绪乱极，愁眉堆积。夕阳西下，怎解断肠意。知他今宵宿哪里？恐怕有梦也难寻览。

（对生介）官人此去不管功名如何，都要早些回来，小女子在望眼欲穿等著你。（生）小生这一去，也得用心效命，建立功业，也不负小姐爱我一场。正是："昔日功名不足夸，今朝效命思天涯。"（旦）我不在乎你能不能取得功名，即便无功无名也定早早归来，不然，才真心负了我。（生）小姐放心，就静候我的佳音。（旦）小女别无所赠，口占一诗，为君送行："寒庭暝树欲栖鸦，户外无人驻小车。别径春风吹柳絮，闲门夜雨打梨花。试寻宵汉张骞石，马过星河织女家。独忆断桥分手去，别岐相对泣三人。"[3]（生）小姐之意深为明白，丘生今生今世不再爱怜任何人，一心一意全在小姐身上，以报答小姐对我的深情厚意，我这里也和一首七律，以表达我的心迹："狂吟闲对花枝好，别眼愁如

---

[1] 蜗牛虚名：《庄子·则阳》："有国于蜗之左角者，曰触氏；有国于蜗之右角者，曰蛮氏，时相与争地而战，伏尸数万，逐北，旬有五日而后反（按，即返）。"郭象注："诚知所争者若此之细也，则天下无争矣。"蜗角极极微，蜗角虚名，喻微小之浮名。苏轼《满庭芳·警悟》："蜗角虚名，蝇头利，算来着甚干忙？"

[2] 蝇头微利：班固《难庄论》："众人之逐世利，如青蝇之赴肉汁也。青蝇嗜肉汁而忘溺死，众人贪世利而陷罪祸。"（《艺文类聚》九十七）"蝇"比喻因小利而忘危难。《故事成语考·鸟兽》："利小曰苍头。"

[3] "寒庭"八句：出自《亘史钞·青楼黄娟·晚次苏韵》，无名氏作。

柳色新。斗陪梦残私语觉，征补泪渍识真情。紫云空积尘中想，白雪翻回座上春，杜牧寄声休薄幸，呼娘应不忘旧人。”[1]（旦）官人珍重。

【耍孩儿】劳燕分飞各东西，凤凰求合一厢里。官人归去速征骑，未登程先问归期。虽然眼底人千里，且尽行前酒一杯。未饮心先醉，心里流血，眼里流泪。

【五煞】潮州起居要在意，饮食有规律[2]，千万珍重保贵体。荒村雨露早休息，野店风霜迟床起。[3]鞍马路途遥，好生调护，全心打理。

【四煞】轻飕驱残红，暮春忒相宜，老天无情又无意。婵娟拭泪湿裙衣，娇女伤怀瘦腰细。到晚来闷把燕楼倚，怨上天不爱良时，恨人间虚负佳期。

【三煞】戍鼓动湖城，洒山窗雨息。无群孤雁有愁离，昨宵个黄昏枕月调锦筝，今夜个劳燕分飞相思继。依恋忒过深，难持自己，掩不住柔情玉泪。

（生）小姐还有甚么话要嘱咐小生。（旦）你呀，

【二煞】你休要忘情又负义，我则怕休妻又娶妻。人说道可屈指百无一二，不如意十常八七，你休重功名利禄誓不归。有一节君须记：若见了异乡花草[4]，莫将闺阁[5]残欺。

（生）还有谁能像小姐这样？小生我又怎么能产生那种念头！（旦）休忘了你的誓言。

---

[1] “狂吟”八句：出自《亘史钞·青楼黄娟·答句》，无名氏作。

[2] 饮食有规律：意谓路途中要节制饮食。

[3] “荒村”二句：出自《西厢记》第四本第三折。互文见义，谓荒村野店，雨露风霜，应当早歇息晚上路。

[4] 异乡花草：指别的女子。

[5] 闺阁：有内室小门，特指女子卧室等意思。

【一煞】天路翔鸾[1]开，星河迥鹤[2]立，人去凤台箫已息。影分鸾匣镜初里，人离东西山隔离。我为甚么众愁一齐结，元来是来得忒陡，去得忒急。

（帖）官人走了好一会儿，姐姐，咱们回去吧。（旦）我总是忐忑忐忑的。

【收尾】暮看郎乍离，夜想君归里。那车儿马儿南去也，思量这无尽离愁如何载得起。

今日话别，贱妾无以相赠，只有别诗二首相送："雪中送君君莫辞，长风吹妾妾自知。一从刻臂盟公子，肯惜寒云上鬓丝。"[3]一也"送君北上黄林隅，路傍争问谁家姝。胡姬自言今罗敷，千骑中央夫婿殊。"[4]二也（旦、帖与生不断挥手致别介）（下）（生）书僮听了，咱们赶早儿行一程，早找个旅店歇了。正是：酒消愁欲绝，孤雁入云深。[5]

孤舟别后两相望，霜露凄凄落叶黄。
黄鹄矶头天万里，知君何日渡潇湘？[6]

---

[1] 天路翔鸾：出自《才调集》："日落秋风吹野花，上清归客意无涯。桃源寂寂烟霞闭，天路悠悠星汉斜。还似世人生白发，定知仙骨变黄芽。东城南陌频相见，应是壶中别有家。"

[2] 星河迥鹤：出自明代宰相刘基《追和音上人》："夜永星河低半树，天清猿鹤响空山。"本剧中借指呼文如和丘谦之。

[3] "雪中"四句：出自《亘史钞·遥集编·送行黄野林》，呼文如作。

[4] "送君"四句：出自《亘史钞·遥集编·送行黄野林》，呼文如作。

[5] "酒消"二句：出自《亘史钞·青楼黄娟·薄幸》，无名氏作。

[6] "孤舟"四句：出自《亘史钞·遥集编》，呼文如作。

第二十三出

【啄木犯】（生引丑上）虽则才刚分别，放不下千金小姐，忘不了金枝玉叶。怨虚名[1]闪人一跌，恨利禄耗君岁月。后生儿[2]蘸定前生业[3]。呼娘，你许了俺为妻欢悦，少不得生同室死同穴。

“执手一分杨柳雨，脂车遥破楚江云。愁人记得峨眉泪，泪如峨眉亦不群。”[4]离了黄州已经三十多里了，前面就是团风，咱们住一夜，明日赶早行，我这马也好象懂人心事，百般儿不愿快走。正是：独忆断桥分手去，别岐相对泣双人。[5]

【新水令】望黄州渐远暮云遮，看团风趋近荒林野。昼去愁易结，夜来忧更烈。苦离愁叠，怎熬过这一夜？

想著前番温暖，谁知今日凄凉！

【步步娇】初更方至春寒夜，满地照明月。脸儿厮揾者[6]，回忆初恋，转眼别。似孤舟一叶，恰便是闷倚逢[7]睡些。

[1] 虚名：功名。
[2] 后生儿：年轻男子。
[3] 前生业：前世姻缘。
[4] “执手”四句：出自《亘史钞·遥集编·别文如》丘谦之作。
[5] “独忆”二句：出自《亘史钞·青楼黄绢·晚次苏韵》，无名氏作。
[6] 脸儿厮揾者：毛西河引沈璟曰：“脸儿厮揾”，以手著脸仔细端详，正揾脸之谓。
[7] 闷倚逢：闷着。

早已到了店家，店小二哪里？（店小二上介）官人，我们这里有头等房，十分干净，请官人歇息。（生）书僮接了马去，点上灯，我甚么也不想吃，只想早早休息。（丑）小人也很累，也想早儿歇息。（丑收拾床，生做睡状介）（生）今夜我又如何睡得著也呵！

【落梅风】旅馆蔷薇风，杏花月，枕儿绣着双蝴蝶。助人愁的是雌蝶招惹。添生苦的是雄蝶引悦。

（生梦见旦介）（旦）虽长亭别了官人，我十分放心不下，翠娟已睡了，我自个出城，赶上和你同去潮州。

【乔木查】双燕嬉戏时节，管甚么羞怯不羞怯，我只顾单蝶儿配成双蝶。一枕儿同眠，帖存温热。

【搅琵琶】他那里作天涯客，我这儿总把心肠扯。前几许盟言，今无限欢悦。想著他行前几度伤嗟，疼得我离别三番落泪。不是我心邪，树大生枝，人远生节，愁来得猛，瘦来得烈。则离得半个日头，翠裙儿宽了三四褶[1]，谁曾受这般磨折[2]。

【锦上花】昨结姻缘，今又离别；真个是人有悲欢，月有圆缺。了不尽的相思，却才觉些；丢不下的牵挂，如今又也。游子不忍去，闺秀更难舍。漫漫长路，上下曲折；露湿裙衣，寒风乱趄。我这里猛追，他何处闲歇？

【清江引】呆答孩孤零零独长夜，有话向谁说？春雨摧物生，晓风吹残月。郎君今宵何处也？

【皂罗袍】[3]早是灯儿时节，见燕儿做垒，对对欹斜。榆钱儿买

---

[1] “则离得”二句：出自《西厢记》第四本第四折：“则离得半个日头，却早寒掩过翠裙三四褶。”意谓刚刚分离半日，已是人瘦衣肥。半个日头：半天。褶（zhé 折）：《正字通》：“衣有襞折曰褶。”

[2] 磨折：折磨之意。无名氏《包待制陈州粜米》第一折：“也是俺这百姓的命该受这般磨灭。”

[3] 皂罗袍：出自《亘史钞•遥集编》，呼文如作。

不得春风夜，杨花儿故意飞残雪。门儿重掩，灯儿半灭，人儿不见，病儿怎说，腰儿掩过裙儿折。

这儿有个店儿，我进去看看，官人是否住在这里？（旦敲门介）（生）有人敲门，好象是个女子的声音。我且开门看看，这么晚了是谁。

【庆宣和】莫不是风骚女子来招惹，要不然姑娘来磨灭。

（旦）是呼娘，翠娟睡了，我想你这一去，何时再能相见。因此，特地赶来与你作伴。（生）疼我者小姐也。

听罢喜得眉儿开，疾疾忙忙唤姐姐、姐姐。

难得小姐有这番心意。

【乔牌儿】则见她金莲已湿彻[1]，云鬓已乱敞。气喘喘话儿难接，红彤彤脸儿改色。

（旦）为了官人，再远再难行的路我也不怕。

【甜水令】则为著相伴相随，又何惧路难跋涉，花开花谢，犹香消减些。便先安簟枕[2]，再铺被褶，客栈陪夜，寻思来温存生热。

【折桂令】想人生最苦离别！可怜见恰似关山，犹自跋涉。[3]似这般牵肠挂肚，倒不如义断恩绝。虽说是一时间痛苦了些，今世来全然销歇。不图功名，不慕华奢，生则同屋，死则同穴。

一大汉带领一帮贼徒，教道："刚才见一女子渡河，转眼便不知哪里去了，打起火把追！分明看见她走进这家店儿，给我进去把她拉出来！（贼徒打门介）（生）这是怎么回事？（旦）你往后站，我来开门对他们说。

---

[1] 湿彻：湿透。

[2] 簟枕：枕头。

[3] “可怜见”二句：出自《西厢记》第四本第四折。

【水仙子】大男子不做良人，小恶徒专干盗窃。本性儿心肝胆肠黑。

（贼徒介）你是谁家女子，深夜渡河？（旦）大胆狂徒，

你休言，靠后些！我则是樊梨花[1]蝶，识趣儿滚开些，要无奈教你吐膏血，起拳脚教你服帖。

（众贼抢旦下，生惊醒介）（生）呀，原来是一场梦，将门儿推开一看，甚么也没有，只有满天露气，遍地珠花。晓星初上，残月犹明。正是："脉脉相恋意念间，浅杯短句当阳关。惊回好梦鸟声妒，恰得羞花少鬓斑。柳转流莺归别岸，云随四马傍残山。歌楼花烛欢声沸，应念山堂夜火寒。"[2]

【雁儿落】绿依依树汀芜春色，静悄悄门掩寂寞夜。少纤纤剩有西江月，昏惨惨风透林梢叶。

【得胜令】惊觉我的是颤巍巍失魂又失魄，虚飘飘文如化蝴蝶，焦急急雄蝶追雌蝶，荡悠悠上下翻飞越，痛煞煞梦歇，急煎煎好著人难舍；冷清清的孤影，娇滴滴的玉人儿是否同梦也[3]？

（丑）天亮了，咱们趁早赶一赶路，我先走一步儿给官人准备餐饭。

（生）店小二，给你房钱，把我的马备了来。

【鸳鸯煞】托梦儿则把情丝扯，寄相思惹得心儿热。人影来遮，原来是云偷月。有道是旧愁未消，新恨又叠；离恨幽灵，伴身儿难泯灭。姐姐呵，梦了你好惊怯，我怎把断红重接？

---

[1] 樊梨花：樊梨花，大唐贞观年间人，中国古代四大巾帼女英雄之一，她因与薛丁山平定西北边乱、沙场挥戈与共的故事而家喻户晓，在后世影响深远。

[2] "脉脉"八句：出自《亘史钞·青楼黄绢·春日送别限韵效西昆体》，无名氏作。

[3] "惊觉"八句：颤巍巍、虚飘飘、焦急急、荡悠悠、痛煞煞、急煎煎、冷清清、娇滴滴：副词，无义。

【络丝娘煞尾】都为那虚名功利，误了这花好月圆。

城南昨夜听提壶，梦里癫狂攘臂呼。
独寄杏花帘下去，黄金亲付酒家胡。[1]

[1] “城南”四句：出自《亘史钞·遥集编·归家梦》，丘谦之作。

第二十四出

【意难忘】（生引丑上）太守三载，清名惠政在，不负官差[1]，却被奸臣害。罢官别衙府，羞涩[2]出吏台。离庙堂[3]，奔闺阁[4]，呼娘翘等待。莫凝猜，小生回拜，投你情怀。

“日夕思裙夜带长，横塘愁见野鸳鸯。相逢一笑放歌舞，压尽金钗十二行。”[5]自初春与小姐分别，至今也已三载，现已罢官，如今赋闲在舍，怕小姐挂念，修书一封，著书僮送往武昌，告之小姐，使其知我已罢官闲居，试她有何计较。书僮，你将文房四宝拿来，我写家书一封，你星夜送往武昌去，见小姐时，就说官人怕小姐惦念，特地先派小人送家书来，然后拿了小姐的回帖速速赶回。（丑）小人知也。（生）时间过的好快呀！

【赏花时】盼天仙盼的眼馋，想玉人想的心害。今日见梅开，别离三载。

书僮，我嘱咐的话你都记住了？（丑）记住了，

则说道官人有书来。

---

[1] 不负官差：即没有辜负上至君下至民的厚望，圆满完成了任期任务。

[2] 羞涩：比喻经济困难，这里指清谦自守。

[3] 庙堂：本指大庙的阴堂。本剧中指官府。

[4] 闺阁：古代指未婚女子的卧室。本剧中指呼文如卧房。

[5] “日夕”四句：出自《亘史钞·遥集编》，明代西陵朱末夫作。

小人都记住了，我这就连夜往武昌走一遭。

谁言铁石广平心，但赋梅花意自深。
身外功名身后事，红裙绿酒任浮沉。[1]

[1] “谁言”四句：出自《亘史钞•遥集编》，明代娄江曹子念作。

第二十五出

【梁州序】（旦引帖上）每日价[1]对镜观容，向今来浑不如旧。想红颜易老，青春难留。叹人生一世，草木一秋，愁杀断肠闺秀。恨官人三载寄潮州，（合）怨孤女朝暮守空楼。

“别后江头夜雨凉，可怜憔悴谢红妆。腹中不有郎行路，那得车轮日转肠。”[2]官人赴潮州做太守，不觉已有三载，却有些时日无音信，这些时神思不快，懒于梳妆，腰肢消瘦，衣裙渐宽，好不烦恼人也。

【啄木儿】仙郎去，风雨飘，剑阁西通玉磊高。听杜鹃啼血沉沉，望巴江学字滔滔。鸳鸯被冷楚天遥，鸾凤梦断秦霄香。只恐霜雪无情，空二毛。[3]

【前腔】三巴远，五马骄，皂盖翩翩万里遥。从别后鸿雁无书，更何时乌鹊成桥。守宫血色臂中娇，护门妖草阶前袅。转使射鹊屏边，珠泪饶。[4]

【尾声】相思如火烁人膏，眼见得，玉脸纤腰都瘦了。只恐他日归来骨又消。[5]

---

[1] 每日价：每天。

[2] “别后”四句：出自《亘史钞·遥集编·别后》，呼文如作。

[3] 啄木儿：出自《亘史钞·遥集编》，呼文如作。

[4] 前腔：出自《亘史钞·遥集编》，呼文如作。

[5] 尾声：出自《亘史钞·遥集编》，呼文如作。

【集贤宾】虽别了三秋，却常挂心头；非是忒痴心，皆因姻缘未就。想忘却依然还又，思无缘偏又生有。怕牵肠忽又牵肠，怕挂肚怎又挂肚？真个是新恨难销压旧恨，旧愁未了叠新愁。弄得人玉肌几分瘦，裙带宽三勾。

（帖）小姐往常时总是针线琴棋书画不离手，不曾闲过一天。这些日子却是百般地闷倦，往常也曾不快，休息调养一下就过去了，不象近来憔悴消瘦得这般厉害，小姐也应当注意爱惜身体才是。（旦）翠娟，你怎知我心儿之苦也呵！

【逍遥乐】多情去后，相思无休，这番最陡！

（帖）姐姐心里忧闷，那咱们出去闲散闲散如何？（旦）我那有这般兴趣。

寝食难安，十倍忧愁挥不去，千般相思又难钩，满目景致空作秀。唯有独上江楼，观苍烟迷树[1]，看大江排舟。

翠娟，这衣裳近些时越来越撑不起来了。（帖）姐姐正所谓“细腰不胜衣”哩。（旦）怎这般的也呵？

【尾犯序】风絮浪花柔，琴音不定，流落堪羞。百般相奏，一笔难钩，知否？非是我恩多成怨，怎奈人无中说有。绵绵处，芳心一点，愁水向东流。[2]

（丑上）奉官人吩咐，特把官人的帖儿交给小姐，才刚在前厅见过翠娟，我把官人罢官的事儿给翠娟讲了，翠娟不但不忧，还好不欢喜哩，把我弄糊涂了，教进来见小姐。原来早已到后堂，待我咳嗽一声。（旦）谁在外面？（丑）是我，书僮。（旦介）（旦）你几时儿来的？难怪昨夜灯花曝，今朝喜鹊教。果然是官人的人来了，就盼著你们，你

---

[1] 苍烟迷树：意谓远处的天色与树影混成一片。苍烟，深青色的天空。《庄子·逍遥游》：“天之苍苍，其正色邪？其远而无所至极邪？”

[2] 尾犯序：出自《亘史钞·青楼黄绢》，无名氏作。

一个还是和官人一起回来的？（丑）官人教我送帖来。（帖进屋笑介）（旦）这小妮子笑甚么？（帖）姐姐有好事呢，官人罢官，可要兑现"以官为期"的承诺了。（旦）你这小妮子见我烦闷，故意来哄我。（帖）不信，官人有帖呢，你看看。（旦）总算有盼到他的日子了。（旦接信介）正是："有官亦何喜，罢官亦何忧？一官生罢去，是妾嫁君时。"[1]

【前腔】相思无了休，谁将打鸭，我未忘鸥。咫尺阳台，恼乱黄州差谬。可屈指百无一二，不如意十常八九。恹恹里，欲吞欲吐，恰似中鱼钩。[2]

【皂罗袍】早是莺儿时候，见莲花儿出水，瓣瓣风流。心儿欲火畏红榴，鼻儿酸涕过梅豆。门儿重掩，帘儿半钩，人儿不见，病儿怎瘳。扇儿扇叠眉儿皱。[3]

【金菊香】早是我搅柔肠离恨兼收，不争你寄得书来又与我添些儿症候。重聚首佳期将就，真要来时，心儿乱，泪凝眸。

【醋葫芦】猜想他官罢伤心透，眼见我婚成喜泪流，多管阁神情沮丧来低头，寄来的帖泪点儿兀自有。我则道新愁旧愁一笔钩，正是两人愁减做一人愁。

（旦念信介）"自丙子分别，不觉三载，无奈本人性情直率，逆言触怒权贵，被罢其官。原准备启程回籍，惟恐小姐憔虑惦念，特令书僮奉书驰报，以免挂念。小生虽身在官场而心却在小姐左右，恨不得比翼双飞，你曾问：'丝萝之约如何？'我回答：'以官为期'，现官期已尽，正是我履约之时，小生素来轻功名而重恩爱。原来人在官场，身不由己，确有怠爱之过，他日会面，自当向小姐谢罪。后成七言绝句一首奉上："呼姬十五擅明妆，弹得瑶琴下凤凰。自由尊前山海誓，不教断

[1] "有官"四句：出自《亘史钞·遥集编》，呼文如作。
[2] 前腔：出自《亘史钞·青楼黄绢》，无名氏作。
[3] 皂罗袍：出自《亘史钞·遥集编》，呼文如作。

尽使柔肠。”[1]

【幺篇】当日向盈盈武昌柳[2]，今日向能得使君[3]留。谁承望西陵官人[4]只半生风流？怎想道花心哥儿[5]成牵情手？从今后合意红绡系罗衫，同心裙带结弦素[6]。

你吃过饭没有？（丑）上告小姐知道，从早晨到现在，一直立于堂前，哪有饭吃。（旦）翠娟，你快取饭与他吃。（丑）感谢小姐关怀，小的这就去吃饭，小姐正好写回帖儿，官人命我取了小姐的帖赶著回去，不得耽搁。（旦）翠娟，拿文房四宝来。（帖拿来笔砚纸墨介）（旦写介）帖儿写好，意犹未尽，我这里另外有图印一枚，瑶琴一把，头发一束，画兰一幅，裙巾一条，鞋一双，肚兜一条带给他。书僮，这些东西，你路上可要带好，务必交给官人。翠娟，取些银子来，给书僮路上做盘缠。（帖）官人将要回来，那里还用得著这几样东西，小姐带与他，是甚么缘故？（旦）你不知道，这图印儿呵，

【挂金索】上刻著“丘家文如”[7]，意儿身相许；取材青田[8]，休忘消魂玉[9]；篆字串珠，丘呼命中注；方方正正[10]，风尘女也锦绣。

---

[1]　“呼姬”四句：出自《亘史钞·遥集编》，明代楚王孙化之作。

[2]　武昌柳：即呼文如。

[3]　使君：即丘谦之。

[4]　西陵官人：即丘谦之。

[5]　花心哥儿：即丘谦之。

[6]　弦素：即素弦。琴弦。

[7]　“丘家文如”：呼文如与丘谦之从相识、相知到相爱，经历了曲折的过程，在丘谦之答应呼文如结丝萝之约的请求后，为了表白对丘谦之的忠诚，呼文如即私刻“丘家文如”图章，将自己已纳入丘家之媳。

[8]　青田：即浙江青田县，皆县盛产青田石。石以青色为色调，黄、白数种并存，是刻章的上等材料。

[9]　消魂玉：即自指呼文如。

[10]　方方正正：比喻纯洁端方。

（帖）这瑶琴他那里有。又带去干甚么？（旦）这琴么，我有一诗表达心意：“蛾眉谁解丝桐意，泽国佳人性自灵。指下轻挑湘水绿，曲中疑落楚山青。七弦雅调弹明月，一片余香绕素屏。豪客五陵空属耳，怪他独许使君听。”[1]

【后花庭】当日绝句诗君子逑，后来因瑶琴音配成偶。带这些休让他忘却了诗中意，我则怕生疏了弦上手。我须有个缘由，他如今功名抛后，则怕他心冷将人休[2]。

（帖）你剪发带去又有何意思？（旦）这发呀，

发如青丝柳，当日邓绥[3]因和帝[4]愁，今日文如为谦之忧。这根根发丝儿，将他心儿系纽。

（帖）这画兰又作甚么？（旦）这兰画么，

【消遥乐】幽兰散香，枝枝清瘦，惹人最陡，何处分忧。眼凝眸忘却旧恨，心愉悦丢掉新愁，有道是人世分浊花儿秀，见苍天无情，看它物又俗，想他能思透。

---

[1] “蛾眉”四句：出自《亘史钞·遥集编》，丘谦之作。

[2] 休：即休妻。

[3] 邓绥（81—121）：南阳新野人，东汉王朝著名的女政治家，东汉王朝第四代皇帝汉和帝的皇后。邓绥系出名门，其祖父正是以向光武帝刘秀进献了“图天下策”的东汉开国重臣、云台二十八将之首的太傅高密侯邓禹。邓绥15岁入宫，22岁被册封为皇后。东汉延平元年（106），年仅27岁的汉和帝突然驾崩，面对着“主幼国危”的局面，25岁的邓绥临朝称制。邓绥执政期间，对内帮助东汉王朝度过了“水旱十年”的艰难局面，对外则坚决派兵镇压了西羌之乱，使得危机四伏的东汉王朝转危为安，被誉为“兴灭国，继绝世”。但另一方面，邓绥亦有专权之嫌，其废长立幼，临朝称制达十六年而不愿还政于刘氏，朝中多有非议。

[4] 和帝：汉和帝刘肇（79－105)，东汉第四位皇帝，88—105年在位。建初四年（79）出生，他是汉章帝刘炟的第四子，生母为梁贵人，皇后窦氏将刘肇养为继子。建初七年（82），汉章帝废太子刘庆，立刘肇为皇太子。章和二年（88），汉章帝逝世，刘肇即位，养母窦太后执政。永元四年，刘肇联合宦官将窦氏一网打尽，在位17年，元兴元年病死，终年27岁。谥号为孝和皇帝。庙号穆宗，谥法曰“不刚不柔曰和”。葬于慎陵（今河南省洛阳市东南）。

（帖）俺看这兰呀，“数径兰草如书带，彩笔抬来更有神。手底春风吹不尽，莫将幽谷怨沉沦。”[1]

（帖）你带这裙巾又作甚么？难道他连件衣都没有不成？（旦）这裙巾呵，

【梧叶儿】[2]他若是系心祸，便是和我相依卧；但帖著他的皮肉，不信他不想我。

（帖）这裹肚又怎么？（旦）这裹肚更是，

常则不要离了前后，守著他左右，紧紧的系在心头。

（帖）这鞋儿如何？（旦）男人爱花心，

管住他胡乱行走。

【青哥儿】如今我心不安为君忧。似这等泪痕宛似依旧，万古姻缘多磨难。悲喜总有，怨慕兼收。对官人叮咛说缘由，是官是民都不可喜新却厌旧。

书僮，把这些东西都收拾好。（丑）小人一定在意。（旦）你再仔细查看来著。

【醋葫芦】你一路风尘旅店休，莫将包袱弄脱丢，件件都系我情由。倘有差池难补救，仔仔细细别心粗。一桩桩一件件细收留。

【金菊花】我这里轻装慢放细心封，情丝万缕装帖中，登上西楼翘首望，天涯无际，情两处，何时休！

（丑）小人告辞，这就返回。官人还等著我回话哩。（旦）书僮，你见了官人就对他说。（丑）说甚么？（旦）就说：

---

[1] “数径”四句：出自《亘史钞·遥集编》，丘谦之作。

[2] 梧叶儿：出自王实甫《西厢记》第五本第一折。

【浪里来煞】他那里为我愁，我这里为他瘦。今朝罢官休要气馁，早早归来入闺楼。休使人候，到如今燕楼待月度春秋。

（贴）正是："罢官红颜众不如，上天下天云为车。可知不染红尘色，袖有青羊洞里书。"[1]

楚江雪望渺无垠，忽有佳人此问津。

驿使不烦相寄讯，一枝自送陇头春。[2]

---

[1] "罢官"四句：出自《亘史钞·遥集编》，呼文如作。

[2] "楚江"四句：出自《亘史钞·遥集编》，明代娄江曹子念作。

第二十六出

【一江风】（生上）贪她痴，赚了多情是[1]？销不了愁魂谜。暗减肌，心儿虽苦，害怕人知，煎熬谁怜惜？噤窄[2]怎的支，噤窄怎的支，活的病西施[3]，这虚症何时止。

"三年重到汉江阿，日日门前雀可罗。罢官石交青眄少，梦回冰簟白云多。酒徒自有清狂癖，女侠时能意气过。不是满堂此丝竹，眼中风雨愁奈何。"[4]当今朝纲不正，奸邪当道，想我堂堂须眉，正人君子，岂能与那些阿谀奉承，巧弄权术之徒为伍。上了几道奏折，痛斥时敝，本是为江山社稷分忧，不料上方昏庸，是非不分，容不得我的直谏，将我罢官，朝政如此，这样的官不做也罢，我也落得个逍遥自在。前些日子遣书僮去武昌报信，告之小姐我已罢官的消息，还不见回来，这几日座卧不宁，饮食大减，呆在住所休息。早上看过大夫，并开了方子，其实我这病，不是因为罢官，而是为了那玉人，即便是华佗在世[5]，扁鹊再

---

[1] 赚了多情是：赢得多情人的恋慕。

[2] 噤窄：（怀春心事）藏在心头不对人言。

[3] 病西施：传说春秋时代越国的美人西施有心痛病，发作时便捧心蹙眉。

[4] "三年"八句：出自《亘史钞·遥集编》，丘谦之作。

[5] 华佗（约145—208）：字元化，一名旉，沛国谯县人，东汉末年著名的医学家。华佗与董奉、张仲景并称为"建安三神医"。少时曾在外游学，行医足迹遍及安徽、河南、山东、江苏等地，钻研医术而不求仕途。他医术全面，尤其擅长外科，精于手术。并精通内、妇、儿、针灸各科。晚年因遭曹操怀疑，下狱被拷问致死。华佗被后人称为"外科圣手"、"外科鼻祖"。被后人多用神医华佗称呼他，又以"华佗再世"、"元化重生"称誉有杰出医术的医师。

生[1]，也无济于事，自从离了小姐，我哪一日闲适过。正是："但折武昌柳，莫食武昌鱼。柳丝编呈恨，鱼腹足传书。明月偏今昔，寒江雨病身。不须回首望，俱是可怜人。"[2]

【粉蝶儿】三秋已至，相思病无休无止，这病儿在那江边，大夫瞧，询征候，我只得一一道是、是。他怎能知，这病呵惟有那武昌娘治。

【醉春风】有道是十分病有呆痴，百般症无药施。文如，你若是知我病虚实，害相思死、死。饭不沾匙，睡如翻饼，气若游丝。

（丑上）我只为官人罢了官心儿不舒畅，原来却抱病在屋，我赶紧去回他的话。（丑见生介）（生）你到底回了。

【迎仙客】疑怪这树梢上喜鹊吱，眼皮儿欢跳是，正应著短檠灯昨夜来爆花时[3]。若不是断肠词，决定是断肠诗。

（丑）小姐有帖在此。（生接帖介）小姐一定在意于我，

写时必定情泪如丝，若不然，怎生泪点儿帖封上渍。

（读信介）自你赴潮州做官，不觉已有三秋时日。我之思念之心，未一日有待，纵然人说日近天涯远，何故少有音讯。莫非又觅新欢，而忘我于九霄云外？正思念间，书僮来到，得见你之书信，方知已被罢官。这对你来说可能是个不幸，而对我来说却未必。其实人生一世，如同草木

[1] 扁鹊（前407—前310年）：姬姓，秦氏，名缓，字越人，又号卢医，春秋战国时期名医。春秋战国时期渤海郡郑（今河北沧州市任丘市）人。由于他的医术高超，被认为是神医，所以当时的人们借用了上古神话的黄帝时神医"扁鹊"的名号来称呼他。少时学医于长桑君，尽传其医术禁方，擅长各科。在赵为妇科，在周为五官科，在秦为儿科，名闻天下。秦太医李醯术不如而嫉之，乃使人刺杀之。扁鹊奠定了中医学的切脉诊断方法，开启了中医学的先河。相传有名的中医典籍《难经》为扁鹊所著。

[2] "但折"八句：出自《亘史钞·遥集编》，丘谦之作。

[3] 树梢上喜鹊吱、眼皮儿欢跳、灯昨夜来爆花时：民间认为这就是好的兆头，有喜事将要到来。

一秋，功名利禄不可强求，有则收之，无则去之，大可不必耿耿于怀。俗话说："无官一身轻"，既已脱离官场，你本就性情放荡，从今后可以过你逍遥自在的日子。也是你履行"以官为期"[1]丝萝之约之时。今书僮返回，无以奉献，谨以图印一枚，瑶琴一把，头发一束，画兰一幅，裙巾一条，肚兜一个，鞋一双奉上，权表我拳拳之心。匆匆草字文恭，还望郎君原谅，又依来韵、和诗一首："使君官罢只清贫，江上鲈鱼涧底莼。一骑飞来能不厌，女郎自是死心人。"[2]啊呀，风风流流的好姐姐，有你这样的女子为妻，我丘生死也值得了。

---

[1] "以官为期"：1577年5月12日，丘齐云来到武昌，果然在这里见到了呼文如，于是邀约朋友在呼文如家中相见，就像在梦中一样，一时悲喜交集，文如亦不知所措，对于这次相会的情景，呼文如赋诗作了这样的描述："转别以来苦，翻思旧日恩。相逢泪在睫，惆怅不能言。"

第二天（即5月13日）呼文如在家中为祝福真心相爱的人再次相会，举办了歌舞宴会，在这次宴会上，呼文如弹奏了琴曲，写了诗词，其琴、诗比以前大有长进，尤其琴弹得有丝竹之妙。丘齐云尤为喜欢。呼文如说："自从与你分别之后，我就将自己许配给你了，我已是丘家的人，并刻了一枚'丘家文如'的图章，你知道吗？"丘齐云拿起图章一看，果然如此，丘齐云感动不已。于是呼文如即兴题《庭中安石榴》一首送给丘齐云，以图章记印为内容，说："安石孤根托谢庭，合欢枝上日青青。悬知雨露深如许，结子明朝似小星。"

第三天（5月14日）呼文如以酒招待丘齐云，丘齐云因兴奋豪饮，喝得大醉，醉过过后，两人互诉离别之情，说到动情时，都悲泣不止。于是呼文如赋诗说："悲歌当泣有余悲，今夕同君醉始知。却倚胡床禁不得，一时双泪堕金卮。"

又过了两天，丘齐云将启程，好友王孙在龙冈设宴招待丘齐云，同时命人去迎接呼文如前来参加饯行宴会，于是丘齐云就留在宿馆中，这时正遇上天气风雨交加，丘齐云躺在床上又想起呼文如，欣然提笔又赋一首别诗："回思往事怨蹉跎，复有新悉奈若何。清梦不缘女神苦，小词难得雪儿歌。隔窗雨逐流苏堕，落叶飞随翠箪多。若问此时留别意，双星七夕在银河。"

5月18日，丘齐云拿出随身携带的百两黄金，给呼文如和她的侍女，添置春衣，然后分别。文如举杯大哭，泪水湿透了地砖。丘齐云见此情景，感动万分，口占一诗："执手一分杨柳雨，脂彻遥破楚江云。愁人记得蛾眉泪，泪入蛾眉亦不群。"

呼文如含着泪问丘齐云："原来的婚约你作何打算？"丘齐云回答说："什么时候不当官了，就是我们结婚的日子。"呼文如听此言，心里忐忑不安地说："那我终身就像在云霄之中，你如何不早些救我出苦海呢？"丘齐云见此安慰文如说："以你的才智，又何必患得患失呢。"呼文如听后拜谢，就此作别。"以官为期"就是说什么时候不做官了什么时候结婚。

[2] "使君"四句：出自《亘史钞·遥集编》，明代西陵向日癸作。

【玉胞肚】楼船将傍，唤昆仑寻他洞房。经时去蝶使蜂媒，何曾见国色天香，桃源再入路茫茫，云雨巫山枉断肠。[1]

【北朝天子】想当日划损了玉簪，靠损了翠屏。冷凄凄夜夜人孤冷。当年恩爱望鸳鸯，一生捉抟沙捞月影。暮来时雁声，晓来时漏声。怎怎听，怎听怎怎听，都变作，罗襟泪痕，口中血，心头病。[2]

【上小楼】这信呵字字如经，句句似史，有卓吟蔡诗[3]，谢李朱薛，柳花唐词[4]。俊俏貌，聪明智，佳人才思，俺文如千古一世。

【幺编】掩堪做圣旨[5]，膜拜供持[6]。晓来吟诵，午来品味，暮来赏识。此为金印，这上面画过押字，使个令史，细细藏之，从今往后一世铭记的教示。

---

[1] 玉胞肚：1578年，丘谦之回西陵，船行至江夏，时起岸去见呼文如，呼文如因父亲坚决阻止，大不如意，于是丘谦之题《玉胞肚》说："楼船将傍，唤昆仑寻他洞房。经时去蝶使蜂媒，何曾见国色天香，桃源再入路茫茫，去雨巫山枉思肠。"到傍晚，丘谦之亲自来到呼文如的家门口，呼文如才出来迎接，丘谦之闷闷不乐，呼文如也非常愧疚，含泪解释说："我之所以相机行事，是真心待你，你若不信，可以读我为你写的几首词。"因此将词读与丘谦之听，丘谦之听后与呼文如双双泪下，到了半夜，呼文如送丘谦之登舟中，这时月色如画，江水泊泊作响，船在江中徘徊不前，好像有意不愿离别，如是两人就在舟中同宿。次日两人又来到友人家中，丘谦之以监司的官职身份招待客人于黄鹤楼中。第二天，回到西陵，草草别去。呼文如后又寄诗说："解佩重逢汉水头，孤舟斗酒话绸缪。从来肝胆长相照，不道风尘醉里休。"

[2] 北朝天子：1578年农历十月十一日，丘谦之再次来到武昌，打算带着呼文如一块走，呼文如推门而入，说："我不能随你东行，这样对你无益，你的好意我心领了。你是何等尊贵的人，而到贱女之处居住，岂不有失你的身份。"丘谦之听后甚是懊悔，于是献上《北朝天子》词一首。

[3] 卓吟：即卓文君的《白头吟》。蔡诗：即蔡文姬的诗。

[4] 谢：即谢道韫。李：即李清照。朱：即朱淑真。薛：即薛涛。柳：即柳如是。花：即花蕊夫人。唐：即唐婉。均为古代杰出才女。

[5] 圣旨：是指中国封建社会时皇帝下的命令或发表的言论。这里借指很看重呼文如的信。

[6] 膜拜：古代的拜礼。行礼时，两手放在额上，长时间下跪叩头。原专指礼拜神佛时的一种敬礼，后泛指表示极端恭敬或畏服的行礼方式。供持：此为供奉之意。

（生）休说文章诗词写的这般出众，就是这针线做工也怎了得！

【满庭芳】怎不教丘生想痴，心灵手巧，女工之师，针针线线总如是，无不相适。长和短恰到好处，宽和窄正合腰肢，无人试，想她做时百般用意，费了多少心事。

小姐带来的几样东西，都有讲究，我一件件都猜得著。

【白鹤子】这琴，她教我手中弹音识，用意画和诗。养成淡泊心，莫将功名痴。

【二】这图印，"丘家文如"[1]字，篆体连理枝。已将身相许，配了丘谦之。

【三】这头发，根根连肉植，丝丝费心思。犹言花正好，授意采摘时。

【四】这画兰，叶片瘦腰肢，蕊瓣香如是。已得盆中景，休采野花枝。

【五】这裹肚，针针绣情丝，线线牵心思。表出腹中意，果称心间事。

【六】这裙巾和鞋子儿，布料腻鹅脂，针脚细虮子。既知礼不胡行，愿足下当如此。

书僮，你临行时，小姐还对你说些甚么？（丑）要官人不得别续良缘。（生）小姐，你多心了。既如此，我这里再赋三诗以铭心志。"安石孤根托谢庭，合欢枝上日青青。悬知雨露深如许，结子明朝似小星。"[2]其一也。"悲歌当泣有余悲，今夕同居醉始知。却倚胡床禁不得，一时双

---

[1] "丘家文如"：1577年5月13日，丘谦之来到武昌。呼文如在家中为祝福真心相爱的人再次相会，举办了歌舞宴会，在这次宴会上，呼文如弹奏了琴曲，写了诗词，其琴、诗比以前大有长进，尤其琴弹得有丝竹之妙。丘谦之尤为喜欢。呼文如说："自从与你分别之后，我就将自己许配给你了，我已是丘家的人，并刻了一枚'丘家文如'的图章，你知道吗？"丘谦之拿起图章一看，果然如此，丘谦之感动不已。于是呼文如即兴题《庭中安石榴》一首送给丘谦之，以图章记印为内容的诗，说："安石孤根托谢庭，合欢枝上日青青。悬知雨露深如许，结子明朝似小星。"

[2] "安石"四句：出自《亘史钞·遥集编》，呼文如作。

泪堕金卮。”[1]其二也。“三年三度听卿弹，曲曲都飞白雪寒。夜静莫拈流水调，伤心人自怯潺湲。”[2]其三也。你难道还不知我的心儿呵？

【快活三】三载太守居，一朝遮民去。离愁别恨梦回时，多少伤心事！

【泣颜回】[3]山掩夕阳晖，烟汀云树霏。冰轮初转如银，光射荆扉凝疏。漫忆那人儿，玩赏天涯际。灿星华偏入金卮，挹天香制罗袆。

【黄莺儿】[4]暝色入高楼，菊华天澹素秋。霜风着鬓催僝僽，石城莫愁，山阴子猷。兴来一曲，何时又恨无休，那禁短篴，吹彻小梁州

【前腔】[5]镜破失容光，拼团栾似乐昌。皕情肯逐秋云凉，君侯醉乡，佳人洞房，心心脉脉，遥相望觑回塘，双飞比翼，不效林鸳鸯。

【竹枝词】[6]古木秋城落照时，翔鸦争拣最高枝、哑哑不敢啼声急，怕惹领家挟弹是。

【石榴花】[7]轻飚驱暑，秋夜忒相宜。显玉镜中琼规婵娟，试浴碧涟漪，惊眸雪质冰肌，魂消思飞，美人兮遥隔湘水。喜天上不爱良时，恨人间虚负佳期。

【川拔棹】[8]怎如南楼上，对景雅谈施。怎如西厢下，暗地俏题诗。怎如东墙畔，魄皓正圆时。怎如傍妆台，新学画蛾眉。怎如

[1] “悲歌”四句：出自《亘史钞·遥集编》，呼文如作。
[2] “三年”四句：出自《亘史钞·遥集编》，丘谦之作。
[3] 泣颜回：出自《亘史钞·青楼黄绢》，无名氏作。
[4] 黄莺儿：出自《亘史钞·青楼黄绢》，无名氏作。
[5] 前腔：出自《亘史钞·青楼黄绢》，无名氏作。
[6] 竹枝词：出自《亘史钞·青楼黄绢》，无名氏作。
[7] 石榴花：出自《亘史钞·青楼黄绢》，无名氏作。
[8] 川拔棹：出自《亘史钞·青楼黄绢》，无名氏作。

清虚殿，舞罢玉腰肢。

【朝天子】虽四肢不能动止，但急切里奔武昌不得延迟。待与小夫人相见时，别有甚闲教示？我虽是个罢官官人，但却是个知书儒士，怎肯采野花折旧枝。说甚么别续、良缘，休将我道个全然无是。

【贺圣朝】虽说是潮州不缺金枝，又怎肯朝街暮市？貌似尔或有一二，又哪有恁般温柔，恁的才思！日思夜想全都是尔，在我眼里舍尔世上无丽质。

书僮来，将小姐带来的这些东西都收拾好著。

【耍孩儿】件件有姐心间事，桩桩系姐情爱丝。小意轻放细收拾，用心摆齐装严实。图印珍贵怕碰撞，画儿难得防皱纸。切爱惜，休得损失，勿得因之。

【二煞】功名到此止，燕尔佳期至。湖州忆念黄州诗。当日爱尔倾我诉花开夜，今日愁乍暖又寒落叶时。真个是，行思西施，坐思西施。

【三煞】这天高地厚情，那海枯石烂词。一旦念开何时止，直到蜡烛成灰泪才休，青丝吐尽蚕罢死。我不是无信行的轻薄子，轻夫妇的琴瑟，拆鸳鸯的雄雌。

【四煞】世间风情事，文坛浪漫诗，偶游黄州遇天使。归心似箭意奔驰，望眼欲穿情飞至，向北视，听呼娘弹琴，品玉人赋诗。

【尾】忧则忧我孤身去，幸则幸尔来到此。投至得迤逗销魂的音书恰至，将害鬼病的陆游[1]盼望死。

文君何事茂陵奔，曲里求凰尽是恩。
尔纵罢官犹有酒，未须涤器傍人门。[2]

---

[1] 陆游：字务观，号放翁，汉族，越州山阴（今绍兴）人，南宋文学家、史学家、爱国诗人。陆游出生于名门望族、江南藏书世家。陆游的高祖陆轸是大中祥符年间进士，官至吏部郎中；祖父陆佃，师从王安石，精通经学，官至尚书右丞，所著《春秋后传》、《尔雅新义》等是陆氏家学的重要要典籍。陆游的父亲陆宰，通诗文、有节操，北宋末年出仕，南渡后，因主张抗金受主和派排挤，遂居家不仕；陆游的母亲唐氏是北宋宰相唐介的孙女，亦出身名门。

[2] “文君”四句：出自《亘史钞·遥集篇》，明代西陵万士南作。

第二十七出

【三登乐】（净扮[1]王奎上）生来苦命，偏则是妻妾无能[2]，眼见的断子绝孙。酒里伤，房中闷，转眼已半生。天呵，偏人家七子团圆[3]，惟我一个无后生[4]。

“天台重向梦中行，错说仙姝会可仍。洞口云深不知去，水流花谢两无情。”[5]本人姓王名奎，字德太，以经商发家，家境殷实，虽不是天下巨富，但也是万贯家赀。这武昌城，上至官爷，下至平民，谁不敬我三分！然而他们哪里知晓，我是外面风光，内心苦闷。家内虽有一妻一妾，却未曾给我留下一儿半女，俗话说：“不孝有三，无后为大”，百年之后，我有何颜面去阴曹地府见列祖列宗？这万贯之财又有谁来承继？这几年破落户呼良三番五次上门来向我借钱买酒吃，我已借给二百两银子，总不见还，前些日子去讨，他那有银两还我！许诺将他的大女呼娘卖我为妾，抵著二百两银子债钱，那呼娘有十分的姿色，又颇有才气，我若得这一国色天香，再给我生儿育女，那是我前生积德，修来了这份艳福，别说那二百两银子没白花，就是死也值得。昨日到朋友家吃酒，谈起这事，才听说呼娘早已将自己许了西陵的一位被罢的官人为妻。我如果不知道这个事儿，到可以直接上门提亲见呼娘，既然已知这

[1] 净扮：戏剧角色行当，本剧中扮王奎。
[2] 妻妾无能：指没有生育。
[3] 七子团圆：祝颂用的吉利话。元杂剧《秋胡戏妻》第一折：“人家七子保团圆。”
[4] 后生：儿子。
[5] “天台“四句：出自《亘史钞·青楼黄绢·竹枝词》，无名氏作。

个消息，我撞了去，万一被呼娘知道，早知这呼娘性烈，被她骂了出来没意思不说，恐怕生出事端，弄的鸡飞蛋打，人财两空，到那时后悔也迟了。俗话说，狭路相逢勇者胜，今儿个我认著这个理，我先下手为强。这件事的前因后果呼娘的丫鬟翠娟肯定知道，所以我教人去唤她，只说哥哥有事相求，不便直接去找呼老爷，请她到住处来说话。去的人也有半日功夫，怎么还不见翠娟来。（帖）王奎有事不去见老爷，却唤俺说话。俺去走一遭，看他说甚么。（帖见净介）（帖）哥儿，你有事不见老爷，却唤俺来，有甚么话说。（净）我与呼老爷深交，这几年老爷潦倒，每向我借银两，我都答应了。现老爷无银还债，将你家大小姐许我为妾抵债。我唤你来是要问你，老爷已许下这门亲事，我正准备纳她入室，特地央你去向小姐说与她，择个吉日，办了喜事，我主外，她主内，和和美美过日子，你若说成了此事，我给你许多银两，重重地谢你。（帖）这话就不必再提了。呼娘姐姐已许给别人了。（净）俗话说："父母之命，媒妁之言"，"好马不吃回头草，好女不嫁二丈夫"。老爷已许了我，她岂能毁约嫁别人，哪里有这个道理？（帖）话不能这么说，当日小姐在风尘之中，受尽人的脸色，挨尽妈妈[1]的欺侮，哥儿你在哪里？若不是那个官人，哪里还有呼娘和俺的今日。现在俺们脱离苦海，你却来争亲，倘若当初教那些兵痞掳了小姐去，你又去哪里争？（净）哪个官人？莫不是到处吵得飞飞扬扬的那个西陵小子！（帖）正是潮州太守。（净）她若嫁了一个富家，也不枉呼娘一生，那倒也罢了，却要嫁给了这么一个罢了官的穷酸儒子，难道我就不如他？我家境殷实，结交甚多，财路宽广，何况又是呼老爷之命，我不信就争不过他。（帖）他不如你，哼！

【斗鹌鹑】卖弄你富豪家庭，仗著你财路多门；至如你自夸心儿聪明，也不合持强争亲。又不曾执羔雁邀媒[2]，却用抵债逼婚。不问前

[1] 妈妈：妓院的老鸨，老板娘。

[2] 邀媒：即请媒。古代叫名媒正宴，是对女方家的尊重。近代请媒人是为了表示一个正式的谈婚论嫁。现在除了这个功能增加了证婚人的作用。

因，便持要过门。就不怕污了她佳丽名声，贱了她千金之身。

【紫花儿序】羞死了一心提亲，枉费了一番精神，笑休了一头热情。自古天分阴晴，人分浊清；分泾，浊者为奸，贤者为清，尔在中间厮混。丘生是君子清贤，王奎是小人浊民。

（净）他既是这般好，怎生二十多岁尚未娶亲。（帖）官人才是正人君子，

【天净沙】恩深义重是丘生，怜香惜玉敬佳人，不弃青楼女儿名，以志诚相待，殷切切娶呼娘做第一夫人。

（净）他娶小姐做第一夫人，我纳她为妾还不是一样。（帖）俺家小姐在青楼，整日间长吁短叹，以泪洗面，那些没良心的花花公子，只顾自己的快活，哪管女子的死活。俺家小姐清高，只卖艺不卖身，因此经常受到妈妈的责骂。正在走途无路之时，遇到了丘家官人，将小姐赎身，还出赀买下一李姓的楼房专供小姐居住，他这份心是官人中不能见的。

【小桃红】西陵官人菩萨心，破费赎玉身。购得一座小楼厅，小姐离了风尘。呼娘翠娟都心顺，则为他真心相待，言而有信，因此上两厢结秦晋。

（净）我从来没听说过丘生姓名，谁知他是真有本事还是假有本事，怎么就罢官了，你这个小妮子，把他吹了个了不得。（帖）官人本就高贵，

【金蕉叶】他凭著满腹《经纶》举科名，出众贤能任太君[1]，他识道理教人钦敬，俺姐姐守行信知恩报恩。

【调笑令】如若说尔为银，他则赤足金，金银焉能相并论？高低远近休言明，言明羞死尔难生。丘生是世上无双英俊，尔则是个鼠目

[1] 太君：即太守，郡一级的最高行政长官。

寸光俗人。

（净）你把他说成一朵花，倒把我说成臭粪渣。我家祖代经商，家赀万贯，倒不如他这个穷酸被罢官人。你须知，有钱能使鬼推磨。（帖）你别卖弄哩。

【秃厮儿】他凭真才平步青云[1]，你用投机坑金敛银。他财轻则知书知经，你财重却无新无闻。

【圣药王】这厮乔议论，有向倾。有道是官人做官有骨筋，讲廉清，守本分。你道罢官到老非官人，却不道包拯和狄青[2]。

（净）听说这事都是那个方诚引起的，我明日一定找他麻烦。（帖）休讨苦吃，

【麻郎儿】他做官以民为本，做人以善为根，怎似你瞎了眼不识好人，乱雌黄没个分寸。

（净）这亲事是呼老爷亲口答应的，我挑个日子带著聘礼上门去，看他怎么说。（帖）你休胡争[3]。

【幺篇】你休仗财欺人，斗狠，使那些劣儿软硬。要知道强扭的瓜儿不甜，捆绑的夫妻不成。

（净）呼老爷若是反悔不将呼娘嫁给我，我就花钱找二三十个壮汉来，抬上轿子抢了来，到我这里脱了衣裳，抢来一个姑娘，然后抬回去还他

---

[1] 平步青云：指人一下子升到很高的地位上去。

[2] 狄青：字汉臣，汾州西河（今山西）人，面有刺字，善骑射，人称“面涅将军”。他出身贫寒，宋仁宗宝元元年（1038）为延州指挥使，勇而善谋，在宋夏战争中，他每战披头散发，戴铜面具，冲锋陷阵，立下了卓越的战功。朝廷中尹洙、韩琦、范仲淹等重臣都与他的关系不俗。范仲淹授以《左氏春秋》，狄青因此折节读书，精通兵法。以功升枢密副使。平生前后25战，以皇祐五年（1053）正月十五夜袭昆仑关最著名。狄青生前，备受朝廷猜忌，导致最后抑郁而终；死后，却受到了礼遇和推崇，追赠中书令，谥号“武襄”。

[3] 胡争：乱来。

一个婆娘。（帖）你敢！

【络丝娘】这会儿无羞无耻无斯文，你须知无法无天有报应。人要脸，树要根，休胡行，少不得官府受刑。

（净）好你个小妮子，分明是受那丘生招安，我也不和你说，明日我一定要娶，一定要娶！（帖）一定不嫁你，不嫁你！

【收尾】瞧你这嘴脸儿忍俊不禁，八戒儿似人非人。俏花儿怎插粪坑，佳丽儿怎同猪枕。

（净气得把衣服脱下挥舞介）（净）这妮子肯定和那罢官儿串通好了来对付我的。我明日自己上门去，见呼老爷，只装作甚么也不知道，我只说丘生已被朝廷罢了官，下了狱，呼老爷最听是非，我与呼老爷交厚，他又欠我许多银子，听了这话，肯定另有打算，不说别的，就我这一身华贵服装，也足以打动呼老爷的心，他又是个贪财无能好吃酒的人，我自小就在这武昌城混迹，广交达官贵人、社会名流、商客市民，有名有望。前些时呼老爷亲口许下这门亲事，我看谁敢阻挡？我如放起刁来，且看呼娘能逃到那里去，主意就这么定了，且把歹意压下，装作甚么都不知。（下）（末扮呼良上）王奎昨日不来见我，而教了翠娟去，按我原来的想法，把呼娘嫁他，何况我欠了他二百两银子，谁料小贱人与那丘生生米做成了熟饭，这只怪我平日管教不严。王奎对此不满，也确实怪不得他。估计他今日会来，我已吩咐人准备了些酒菜好生招待他。王奎，老爷对不住你呀。（净上）今日来见呼老爷，不须通报，我直接撞进去。（净见末泣介）（末）你昨日去唤翠娟，怎么不来见我？（净）我有何颜面来见老爷。（末）我本已将呼娘许给了你，不料那呼娘早已私许了西陵一位姓丘名谦之的官人。气死我也，气死我也！这可教我如何是好。（净）哪个丘谦之？莫非就是那个潮州太守。（末）正是他。（净）甭提他了，我早听人说过，年纪二十四五，西陵人，名唤丘谦之，在潮州任太守三年，因他不识时务，又没有什么能耐，让监察御史参了一本，被朝廷罢了官了。现时也是一个小民。这还不说，他这般年纪，家里已有三妻四妾，儿女都有一群了。那个丘生，本就是个花花公子，见一个，爱一个，整日不是吃酒，就是下窑子[1]。既无官人之风，又无谋生之技，过去吃俸禄，现时只靠他老父了，此事已轰动全城，因此我也认得丘生。（末）我说这小生不是东西，果不出所料。我家呼娘虽说不是名门公主，也是倾城的千金，岂能做人之妾！既然那丘生已有妻妾，王奎，你就拣个吉日良辰，依著我许你之言，做我的女婿。（净）倘若丘生来找我麻烦，如何是好？（末）有我哩，他敢怎样？父母之命，媒妁之言，我作主哩。明日咱们就合计个好日子，你便抬轿来接人。（净面向观众介）中了我的计策了。我这里就准备酒宴礼品等物，指日过门，稳当我的女婿。即使那丘生再来，生米已成熟饭，他也只有干瞪眼，正是：老天定下是我的，谁也别想抢了去。（并下）（老生上）丘生罢了官，近日即可到家，大凡女子都爱名利。丘生已不再为官，那武昌女子想必已恩断义绝了。这也正合了我的心愿。想来丘郎正心绪忧闷，我准备些酒菜去十里长亭接他回来。（下）（旦上）官人来信说，从潮州启程返西陵，计算时日，应在近日抵达武昌，我备了些物什，直接去江边接船，一来免得他孤独冷清，二来也表明我的志诚，成此丝萝之约。翠娟，到江岸码头走一遭。（下）

前番雨声无笑声，今日悲声送雨声。
人事天时相反复，一般雨作两般听。[2]

---

[1] 下窑子：即去妓院行乐。

[2] “前番”四句：出自《亘史钞·青楼黄绢·坐满》，无名氏作。

第二十八出

【不是路】（末上）小女文如，私厢定配西陵儒[1]。怎生好？俺且不将王奎说。若食言，那厮儿怎安抚？则怕他上门逼婚，逞江湖[2]。真惊惧。儿呵，你教老腐生事故；怎的支吾[3]，怎的支吾。

谁想西陵那生被罢了官，还与我家呼娘亲近，气死我也。今日还是许了王奎，招王奎做女婿。王奎人机灵，会营生，家底殷实，呼娘嫁了他，吃穿不愁，我还能常讨酒吃，也算配得上呼娘了。今日是个好日子，准备下酒宴，待王奎抬轿来接呼娘过门。（下）（生上）小生不幸罢官，虽说心底闷杀，也乐得逍遥自在。今日还乡，带著给小姐置办的礼物，见到小姐，双手捧给她。真是我丘生有福，遇到了这样一位有情有义的绝代佳人。正是："三年三聚首，一日即离居。不尽蛾眉思，俱凭雁足书。悠然见肝胆，故尔借襟裾。莫遂悲团扇，瑶琴意未疏。"[4]

【新水令】数年宦海多沉浮，一朝官罢忒愁苦。昨日蹲庙堂，今日走江湖，世事难料，将太守官名除。

罢就罢了，现时该到我履行"丝罗之约"，"以官为期"的诺言时候了。

---

[1] 西陵儒：丘谦之。

[2] 逞江湖：斗狠、耍威风。

[3] 支吾：用含混的话搪塞。

[4] "三年"四句：出自《亘史钞·遥集编》，丘谦之作。

【驻马听】丘生官罢，酬志[1]了黄州丝罗媒妁[2]书；呼娘有福，稳请了西陵诗酒风流儒[3]。荣去难忘题诗居，辱来犹记弹琴处。从今后，朝朝暮暮共风雨。

我这就去见小姐的父亲呼良，向他提出要小姐过门的事。书僮，接了马去。（生与末见介）（生）西陵儒生谦之参见呼老大人。（末）休拜，休拜！你如今已是被罢了官的草民，有何颜面来见我！（生对观众介）呀，此话不顺口呢，莫非又生了甚事故来著，我得探个缘由。

【乔牌儿】我恭敬问起居，老爷这怒色为谁出？弄得我范蠡[4]变成司马衷[5]，莫非有了甚事故？

小生当日赴任时，小姐亲自送行，喜不自胜。一再叮咛小生不要忘记旧情。今日小生虽说罢官，但对小姐的情意始终如一，老爷这般不悦，莫非有嫌弃之意？（末）你不思进取，不重功名，原来是个无能之辈，若是早知今日，我家呼娘又何必当初。我家这女孩儿，即便花残貌丑，但

---

[1] 酬志：亦作“酧志”，实现志愿。

[2] 黄州丝罗媒妁：即呼文如与丘谦之在黄州初次相认，就一见钟情，定下了婚姻大事。

[3] 西陵诗酒风流儒：即丘谦之。

[4] 范蠡（前536—前448年）：字少伯，华夏族，春秋时期楚国宛地三户（今河南淅川县滔河乡）人。春秋末著名的政治家、军事家、经济学家和道家学者。曾献策扶助越王勾践复国，后隐去。著《范蠡》二篇，今佚。范蠡为早期道家学者，楚学开拓者之一。被后人尊称为“商圣”，“南阳五圣”之一。虽出身贫贱，但是博学多才，与楚宛令文种相识、相交甚深。因不满当时楚国政治黑暗、非贵族不得入仕而一起投奔越国，辅佐越国勾践。传说他帮助勾践兴越国，灭吴国，一雪会稽之耻。功成名就之后急流勇退，化名姓为鸱夷子皮，遨游于七十二峰之间。后定居于定陶（今山东菏泽市定陶区），其间三次经商成巨富，三散家财，自号陶朱公。世人誉之：“忠以为国；智以保身；商以致富，成名天下。”后代许多生意人皆供奉他的塑像，称之财神。被视为顺阳范氏之先祖。

[5] 司马衷（259—307）：字正度，晋武帝司马炎次子，母武元皇后杨艳，西晋第二位皇帝，290—307年在位。在位17年。司马衷于267年被立为皇太子，290年即位，改元永熙。他为人痴呆不任事，初由太傅杨骏辅政，后皇后贾南风杀害杨骏，掌握大权。在八王之乱中，惠帝的叔祖赵王司马伦篡夺了惠帝的帝位，并以惠帝为太上皇，囚禁于金墉城。齐王司马冏与成都王司马颖起兵反司马伦，群臣共谋杀司马伦党羽，迎晋惠帝复位，诛司马伦及其子。又由诸王辗转挟持，形同傀儡，受尽凌辱。306年，东海王司马越将其迎归洛阳。307年，惠帝去世，时年48岁，相传被东海王司马越毒死。

好歹也是千金小姐。若不是看上你官身的份儿，你怎么能和我家结亲？可现在你把功名都抛弃了，家里又有三妻四妾，还来纠缠要做我家女婿，真是岂有此理！（生）呼老爷这是听谁说的，罢官不假，三妻四妾从何而来？若有此事，天地不容，神鬼发怒，我一家不得好死。

【雁儿落】若说著金屋藏女图[1]，端的是洞房绝君路。小生呵此间怀旧恩，怎肯别去寻花柳[2]。

【得胜令】岂不闻君子坦荡荡，我怎肯小人长戚戚？[3]那一个畜牲无中生有，走将来老爷处论左道右[4]？不能勾呼娘，使歹心施毒数；这般的耻徒，早该官判绞首！

（生）是王奎亲口对我说的，说你京师西陵都有妻妾，还有了数个儿女，你要不信，教翠娟来问，翠娟。（帖上）俺也不得见他，原来罢官人回来了，这是非可以弄个水落石出了。（帖见生，生拉帖到一边介）翠娟，小姐可安好？（帖）因你已有三妻四妾，所以俺家小姐依旧随呼爷之意嫁给商人王奎了。（生）怎么有这般奇事儿？

【短拍】天不佑吾[5]，天不佑吾，呼良昏糊，把娇女推向地伏。文如成无辜，嫁了个油炸猢狲的丈夫。（合）有甚么命夫命妇，全则是鳏寡独孤。苦命儿，图了个梦和书。

【似娘儿】翠娟呵，你跟著受苦，从今后侍伏那烟熏猫儿的姐夫，早起贪黑无闲娱。看脸色行事，休有差池，一世奴胡。

---

[1] 金屋藏女图：即金屋藏娇之意。

[2] 寻花柳：寻：探访。1.指游玩观赏春日美景。也指宿娼。2.喻狎妓。花、柳：比喻妓女。出自唐杜甫《严中丞枉驾见过》诗：“元戎小队出郊坰，问柳寻花到野处。”

[3] “岂不闻”两句：君子坦荡荡，小人长戚戚：君子心胸开朗，思想上坦率洁净，外貌动作也显得十分舒畅安定；小人心里欲念太多，心理负担很重，就常忧虑、担心，外貌、动作也显得忐忑不安，常是坐不定、站不稳的样子。

[4] 论左道右：煽动、挑拨。

[5] 天不佑吾：即老天不保佑。

（帖）官人，你真辜负了俺姐姐么？

【夜游湖】先道一声官人万福，再问两句心儿安否。妻妾几许？何处安居。比俺姐姐何如？

（生）呼老爷糊涂。莫非你也糊涂了。我为小姐害的相思，别人不知道，难道你也不知道？怎么如今都变了卦了，反倒怀疑起我来，这是甚么道理？

【长拍】何求新妇，何求新妇，君子好逑[1]，怎可忘“丘家文如”。月下婚约，一世地心儿占据。则为她放不下的牵挂累。受不尽的相思苦，身儿作证，瘦腰肢则为她下的死工夫。谁承想，节外枝生变故，怀中玉成了他妇，这伤心泪向谁倾盆，这定情物向谁交付？

（帖）老爷，听官人所说，这事有些蹊跷，我想官人也不是那种忘恩负义之人，是不是请小姐出来当面问他。（生）快请小姐出来，快请小姐出来！（帖）姐姐出来，姐姐出来。你自己问他，俺不信他是那种薄情人。看他怒气冲天的样子，其中必有缘故。（旦上见介）（生）一别三载，小姐可好么？（旦）官人万福！（帖）姐姐有话，就和他当面说。（旦）事情到了如今，我还能说甚么！

【不是路】千言万语，都变作长叹短吁。（叹介）看他怒色，似有言不尽的委屈。莫不是错将他误？用软语温存安抚。满腹话儿欲向倾诉，话到嘴又支吾。羞怯怯，官人，离别间可安乐否？道官人万福，官人万福！

官人，我哪点对不起你，你竟将我抛弃，又娶了三妻四妾，这是甚么道理？（生）谁说的？（旦）是王奎亲口对我说的。（生）那个王奎？小姐怎么也听信这样的谎言？我丘生之心，唯天可表！

---

[1] 君子好逑：语出《诗·周南·关雎》：“窈窕淑女，君子好逑。”逑：通“仇”，配偶。原指君子的佳偶。现指男子追求佳偶。

【前腔】胡言乱语，把我当做朝三暮四儒。（旦）怎的来？（生）休误会，小生发誓对天呼[1]。（旦）待如何？三秋守了潮州府，玉人塞路[2]眼不顾[3]。这里（手指心介）全是“丘家文如”，若撒谎，刑场受五马分尸[4]。一家儿灭门绝户，灭门绝户。

这一桩事都在翠娟身上，我只在她身上探问虚实。翠娟，我听人说，是王奎那奸人唤你去说话的。（帖）呸！你这个痴人，俺当初真不该为你们穿针引线，送书递帖，结果你以为俺替别人也这样！真是没有良心，好心作了驴肝肺！

【啄木鹂】官人休无据猜胡[5]，翠娟识好歹实虚。敢小娘头上动念，向小姐心里挖窟。那厮无信无行，若论罪合当伏诛。姐姐举世娇妻妾，哥哥无双好丈夫。才不致相思负。

官人，你若确实没有做人家的女婿，俺便在姥爷面前全力保你。（生）他们已经成亲了，再保也没有用了。（帖）幸亏你今日赶来了，过了今天倒实在就来不及了。（生）他们还没有成亲？（帖）小姐会嫁给他？没有。（生）谢天谢地。那我就不怕了。（帖）定下今天和那厮成亲，他一会儿就来了，你和他当面对证，看他有何话说。（生）过去靠你牵线，此次也靠你成全。（帖见末介）老爷，官人并不曾做人家的女婿，全是王奎一派胡言，过会儿看他两个对证。（末）如果他真的不曾，等王奎来了两人对证，再作计较，不过我欠下了王奎的银子，又亲口将小姐许配了他，这可又如何是好？（帖）丘生毕竟是读过圣贤书的人，又不是那种没有行信的草民。他怎么会忘了小姐的恩情，再说黄州的府丞

[1] 呼：对天发誓。

[2] 玉人塞路：即美女多，充塞道路，出自《法言吾子》。

[3] 眼不顾：即美女虽多，但不屑一顾。

[4] 五马分尸：古代的一种酷刑，用五匹马分裂人的头和四肢，又称“四裂”。比喻硬把完整的东西分割得非常零碎。出自明胡文焕《群音类选·北腔类·王昭君和番》：“无不盖你亏心汉，今日把你分尸五马，远配千年。”

[5] 猜胡：乱猜，无根据。

也是证婚人，他怎么会废了这门亲事。（旦）今天这事必得方府丞来方可解决。

【梁州序】府丞福厚，才高八斗。破难题有计谋。同窗故友，定将鼎力相救。题书详说事由，细陈前后，由他来平冠。不然无救也怎生休。不是冤家不聚头[1]。

（末）小姐先回闺房歇息。（旦、帖并下）（外上）本官接到贤弟来信，赶到武昌，一来看望兄弟的情形，以示安慰，二来为兄弟成就这桩亲事。（外与生和末见介）（生）小弟一别三载，有负大哥的厚望，被罢了官。今日回来，本待成亲，但呼老爷的一位债主名教王奎的，在老爷面前诬我在京师和潮州娶了三妻四妾，做了别人的女婿，老爷又欠下了这个王奎的银两，将小姐许配给他为妾，意欲废亲，依旧要将呼娘嫁与王奎。兄长你来评评天下哪有这个道理？更何况哪有一个女子可以嫁人两次的！（外）此事就是老爷的不是了，谦之也是官宦之家的公子，读圣贤书，做了潮州太守，虽说被罢了官，那是与朝中权臣政见不合，不愿与权术小人为伍才至于此，非兄弟之行信不良所致，至于妻妾一事实属诬言。老爷不将亲生骨肉嫁入良家，为了几个银钱，今日反欲罢亲，莫非礼上不周？（末）当初我认识王奎，看这人头脑灵活，又肯散银，手头阔绰，就许下这厮。不料我儿又私与丘生相许，老身也未置可否，谁知王奎说道，丘生已纳了三妻四妾，做了别人家的女婿，因此我恼怒他负义，依旧许了王奎。（外）王奎是狼子野心，为了得到小姐，不择手段诽谤丘生，老爷如何竟然信他？（净）我今日打扮得整整齐齐，只等做乘龙快婿。文如乃天下少有的美人，我终于夺到手了，今天是个好日子，教仆人牵了羊，担了酒，到呼爷家轿抬小姐过门成亲。（净进屋见生与外等，大惊介）（生）你就是王奎？你来干甚么？（净对观众介）坏事了。（又对生介）闻知官人来到，特来探望。（外）你

[1] 不是冤家不聚头：指仇人或不愿意相见的人偏偏相逢，无可回避。出自《京本通俗小说·西山一窟鬼》：“这个不是冤家不聚会。好教官人得知，却有一头好亲在这里。”聚头：碰头。

这厮怎么可以拐骗他人的妻女，用银钱来逼婚，行此不仁之事，在我跟前有何话说，我以勒索拐骗之罪报官，诛杀你这个不仁之辈！（生）你这混厮，竟敢如此无理。

【滴溜子】无羞的，无羞的睁眼看就。无耻的无耻的还不快走。休惹了人恼怒。杀你个孙猴，欺老身行劣骗术。做奸头。报官教你大刑侍候。

（外）那厮若还不走，左右，给我拿下。（净）不必拿。小人自退亲事给官人罢了。（末）官人息怒，教他走就是了。（净面对观众介）好汉不吃眼前亏，明儿我多多带人抢了去，看奈我何！（外）选个吉日，将小姐嫁过去，兄弟抬轿来接，老爷你看若何？（末）就尊府丞之意。（并下）（帖）姐姐，姐姐，大事不好了，王奎看娶亲不成，去老爷处逼债，老爷无法，又教那厮明日一早抬轿来接人。（旦）有这等事。老爷也太糊涂了。（帖）现时说这些没用，得赶紧想个法儿才是。（旦）情势危急，没有别的法儿，买船俺两连夜奔西陵去。我先修一书教人星夜送给官人，说明事由。（信差上，叩门介）（生）谁呀，这早有何事？（信客）武昌来的，有急书。（生穿衣，开门介）大雪天，这早有书来。信客，请里座。（信客）多谢官人，小的不座，这就告辞。（信客下）（生拆信，大惊，倒衣出迎介）正是："遥忆雪中路，霏霏响王珂。何心一咏絮，愁夕但挥戈。鹭白真成鹤，眉长似画蛾。凄凉冷欲死，星女在银河。"[1]遥迢路远，一个弱女子怎么承受得了！真个是："雪中忽过青楼女，一日一夜三百里。自言女侠投使君，同尔肝肠到生死。自古何人最有情，锦里文君侍长卿。但使琴声长托凤，但他眉黛妒倾城。"[2]（旦、帖与生相见介）（生）小姐受苦了。

【出队子】玉人文如、玉人文如，痴心儿这般亲吾，《竹枝歌》

[1] "遥忆"八句：出自《亘史钞·遥集编》，丘谦之作。

[2] "雪中"八句：出自《亘史钞·遥集编》，丘谦之作。

唱的女郎苏[1]，杜鹃声啼过锦江夫？一扫愁残，三生梦余。

【啄木鹂】冒雪疾奔三百余，寒风侵弱五尺孤[2]，智谋胜过杨门女[3]，胆气赛过梁红玉[4]。瞒老身偷置舟，躲那厮实实虚虚。俺为你轻轻呵护纤手暖，款款偎将嫩脸扶，休损掌上珠。

【莺啼序】今世娶了呼文如，此生愿足再他无。托了兄妹[5]牵线福，谢了，谢了！早共晚常诵念“南阿弥无”[6]。敢是患难肝照胆，弄的与共妻相夫，天地娱，笑的吾眼媚芙[7]。

【金蕉叶】是真是虚？桃花梦猛然惊吾。此三生潜心怜惜，怕一弄巧风吹无[8]。

此女真不易也。正是：一夜扁舟梦寐惊，鸡鸣野店间山程。雪中怕见双

---

[1] “《竹枝歌》”两句：出自《牡丹亭》第三十五出《回生》。《竹枝歌》，即《竹枝词》。古代民歌的乐调名，唐代贞元、元和年间盛行于四川、湖广一代，主题大多为爱情。

[2] 五尺孤：指呼文如身材瘦弱。

[3] 杨门女：宋朝将领杨氏一族灭门后，杨家女眷挂帅出征，歼灭西夏兵将的故事。

[4] 梁红玉（1102—1135）：原籍安徽池州，生于江苏淮安，宋朝著名抗金女英雄，祖父与父亲都是武将出身，梁红玉自幼随父兄练就了一身功夫。史书中不见其名，只称梁氏。“红玉”是其战死后各类野史和话本中所取的名字，首见于明朝张四维所写传奇《双烈记》：“奴家梁氏，小字红玉。父亡母在，占籍教坊，东京人也。后结识韩世忠，两人初次见面，是在平定方腊后的庆功宴上，梁红玉感其恩义，以身相许，韩世忠赎其为妾，原配白氏死后成为韩世忠的正妻。建炎三年，在平定苗傅叛乱中立下殊勋，一夜奔驰数百里召韩世忠入卫平叛，因此被封为安国夫人和护国夫人。后多次随夫出征，在建炎四年长江阻击战中亲执桴鼓，和韩世忠共同指挥作战，将入侵的金军阻击在长江南岸达48天之久，从此名震天下。后独领一军与韩世忠转战各地，多次击败金军，绍兴五年随夫出镇楚州，“披荆棘以立军府，与士卒同力役，亲织薄以为屋。”于当年八月二十六日死于楚州抗金前线，1151年，韩世忠病逝，夫妇合葬于苏州灵岩山下。

[5] 兄妹：即方诚、翠娟。

[6] 南阿弥无：即南无阿弥陀佛，善导大师《观经四帖疏》壹、玄义分“六字释”曰：言“南无”者，即是归命，亦是发愿回向之义；言“阿弥陀佛”者，即是其行：以斯义故，必得往生。“南无阿弥陀佛”系佛教术语，意思是“向阿弥陀佛归命”。诵读此语即谓“念佛”。

[7] 眼媚芙：乐开了花。

[8] 巧风吹无：害怕失去。

缠迹，亲脱金钗市马行。[1]其一也；彳亍投君属影怜，舍舟策马意悬悬。相逢恰与春同到，恨不飞过白雁前。[2] 其二也；千载临邛说女郎，武昌今复见红妆。一从天里通肝胆，长使人间有凤凰。[3] 其三也；何来一骑雪中姝，自道长风送残躯。却怪相如贫不得，坐来纤手学当垆。[4] 其四也；江头红拂也私奔，忍死须臾为报恩。雨雪伤心三百里，何如咫尺到侯门。[5] 其五也；当年红拂意深哉，为念英雄在草莱。余已罢官人迹少，满天风雪尔何来。其六也。[6]（旦）官人呵！

【宛转词】赤壁矶，蟠桃宴，妾年二八郎相见。鸳鸯锁，燕子楼，空床绣被为郎留。郎潮海，妾鄂渚，银河相望牛与女。妾倚闾，郎悬车，文君自奔马相如。郎吟诗，妾劝酒，彩毫叵罗日在手。郎操瑟，妾鼓琴，天长地久同一心。珠为灯，玉作窟，妾是小星郎是月。锦障泥，绣屠苏，郎乘驷马妾坐舆。斧伐柯，则不远，若有曲直在郎眼。心百折，肠九回，即令万死妾焉辞！[7]

（使臣上）圣上（众跪首，呼万岁，万岁，万万岁介）闻被罢潮州太守丘谦之与青楼女子在危难之中结为夫妻，昭示了对平贱之女的尊重，十分赞赏，并赐三品爵位，特遣使臣祝贺！（生）多谢使臣！

【北点绛唇】当今吾皇，恩泽五湖，胜尧舜[7]，万岁山呼，跪地三拜伏。

【前腔】一拜天地，二拜父母，三拜如。小生深谢，成良缘金玉。

【北四门子】看天上人间巧姻缘信有抛无，笑、笑、笑，笑的来眼媚芙[2]。爹娘，世间无意相思负，人生有情终得福。（旦）自古来，才子佳玉，肝胆相照配妻夫。（合）愿普天下有情人都演绎恩爱

---

[1][2][3][4][5][6]：出自《亘史钞•遥集编》，丘谦之作。

[7] 婉转词：出自《亘史钞•遥集编》，呼文如作。

[7] 尧舜：尧和舜，唐尧和虞舜的并称。远古部落联盟的首领。古史传说中的圣明君主。

[2] 眼媚芙：乐开了花。

的神情曲！

【随尾】只因偶联一诗赋，由此姻亲双妻夫，方显得有志的官人能，无能的王奎苦。

盈盈武昌柳，能得使君怜。
合意系罗带，同心托素弦。
紫骝乘夜雪，一夜渡湘川。
千古红绡事，风流更可传。[1]

[1] “盈盈”八句出自《亘史钞·遥集编》，明代宣城梅台祚作。

跋

编故事难，编戏剧尤难，仿元曲写戏剧难上加难。熊孝忠兄将他新编《丘家文如记》剧本给我看时，着实吃了一惊。说它难，难就难在写诸宫调，剧本须以唱辞和说白相间杂，然后配着音乐、舞蹈，来唱说一个较长的完整故事。写一首诗词尚且“吟安一个字，捻断数茎须”，更何况连缀成篇的诸宫调呢。当今敢向此挑战者，不知还能有几人？

当读剧本时，只见用词优雅，词工句丽，烟霞满纸，甚有古意，不得不感叹作者的功力。然而，更使我认同的是作者找到了一种表达思想情感的好形式。杂剧起于宋，盛于元，成于明。其文雅，其韵谐，其质敦，长于表现哀怨、爱情故事。而丘齐云（谦之）与呼文如的爱情故事又恰恰属于戏曲表现的这一类。这是个真实的故事，几乎无须加工、改编，就十分传奇、引人入胜。丘齐云本是官宦子弟、一介书生，又是新科进士，平步青云；而呼文如身为营伎，出於泥而不染，诗词赋曲无所不通，书画琴瑟无所不晓，是当时享誉长江中下游的文艺大明星。丘不恋官场，弃官帽如弊履，不拘礼教，而为呼文如的品格、才艺倾倒；呼则一再拒绝恶少卑劣引诱，不受男性和礼教支配，堪为丘齐云的知音。两人诗歌酬唱，心心相应，演绎了一幕感天动地的爱情大戏。其中绵绵蜜意、一波三折，如果不以诸宫曲调的形式细加刻画，恐怕是很难表达出来的。更何况丘、呼都是诗词高手，最善藏情于一字一句，不慢咀细嚼，其中风韵谁能体味？所以，作者仿元曲以传情，难则难矣，却恰到好处。

地以人传，人以文传。在一浪高过一浪的经济建设大潮中，是十分需要地方文化建设的。经济发展如果没有文化建设作支撑，就失去了灵魂和寄托。而地方文化宝藏的挖掘，更需要大批不计功利、埋头苦干而挚着、坚毅的开拓者。

有了历尽千难万险而痴心不改的开拓者，即使是沙漠，也终究会变成绿洲。

孝忠兄的实践无疑是个创举，然而，有创举，就有发展。但愿在磨合之中，不断有新的灵感、新的发现，使之日臻完美。如果有一天，此一激动人心的爱情大戏能搬上舞台，让丘、呼这一对曾感动过当时无数文人士子的恋人，走近当今观众，想必又是麻城的一件文化盛事。我们期盼着！

刘 宏

2016年11月2日于北京新景家园